Matthias Liebkopf

Andreasnacht

© 2020 Matthias Liebkopf
Umschlag, Illustration: Matthias Liebkopf
Lektorat, Korrektorat: M. Szemendera

Verlag & Druck: tredition GmbH,
Halenreie 40-44, 22359 Hamburg

ISBN
Paperback   978-3-7497-8124-9
e-Book   978-3-7497-8125-6

Mir passieren immer mal wieder sehr merkwürdige Sachen, schon von Kindheit an. Mag es daran liegen, dass mein Sternzeichen Zwilling ist, oder dass meine Familiengeschichte doch ein wenig aus der Art fällt. Ich tippe aber eher auf mein Sternzeichen Zwilling, das wird schuld sein, denn Zwillinge sind immer etwas zwiegespalten und unfallgefährdet.

Von meiner Großmutter hat sich die Gabe des Sehens von Dingen auf mich in der Familie übertragen. Oma konnte alles Mögliche heilen, Gürtelrosen besprechen und auch mal Tinkturen herstellen, um einen Abszess oder Furunkel zu heilen. Sie kam aus Ostpreußen mit meinem Vater, als er noch ganz klein war, auf der Flucht vor der Roten Armee. Großvater war schon Anfang des Krieges gefallen, so musste sie versuchen, allein klar zu kommen. In den Wäldern versteckten sie sich zusammen mit einigen Familienangehörigen, die sie bis zu ihrem Tod kaum mehr erwähnt hatte. Laut ihrer Erzählung nahmen sie nicht den Weg nach Westen, Richtung Berlin oder weiter. Oma war in der Kriegszeit noch jung gewesen, hatte aber die Anderen davon überzeugen können, sich zusammen Richtung Süden zu begeben, vorbei am damaligen Schlesien, durch die Tschechei und bis ins heutige Ungarn.

Dort waren sie nicht willkommen, Deutsche waren kurz nach dem Krieg nirgendwo gerne gesehen, aber in der Nähe des Fagaras Gebirges in Rumänien endete ihre Flucht, aufgenommen von Siebenbürgersachsen, eine ganze Gegend voller deutschstämmiger Auswanderer schon vor hunderten Jahren.

Meine Oma heiratete dort wieder, einen Mann aus dem Gebirge, der nur ein Jahr nach der Hochzeit spurlos verschwand. Er war Hirte im Gebirge, hatte eine große Herde Schafe zu hüten. Bei schlechtem Wetter ist er damals wahrscheinlich abgestürzt und ums Leben gekommen, gefunden hatte man die Leiche nie.

Von seiner Schafherde waren nur noch ein paar Tiere aufgetaucht, weit verstreut in einem abgelegenen Tal. Den Rest hatten sich die Wölfe geholt.

Der Verschwundene tauchte angeblich immer wieder in diesem kleinen Dorf in dunklen, kalten Nächten vor Häusern auf, viele Einheimische wollen ihn dort gesehen haben. Ein Strigoi, ein Widergänger von der anderen Seite, aus dem Reich der Toten.
Konnte nicht zur Ruhe kommen durch seinen einsamen Tod in den Bergen, so erzählten es die Alten im Dorf.

In Rumänien ist dieser Glaube bis in die heutige Zeit real und es werden trotz Verbote und Gesetze immer wieder frisch Verstorbene auf Friedhöfen ausgegraben und gepfählt. Davon kann man halten, was man will. Der moderne Mensch wendet sich angewidert ab, der Einheimische sagt, es ist die einzige Möglichkeit, sich einen Widergänger vom Leib zu halten.
Geschichten und Geschichte sind in Rumänien sehr eng verknüpft, das Reich des Vlad Tepes, den wir umgangssprachlich als Dracula kennen, lag genau hier, Jahrhunderte vor unserer Zeit.

Also meine Großmutter schaffte es, den Ort von ihrem angeblich herumirrenden toten Gatten zu befreien. Einige Rituale waren dazu damals wohl vollzogen worden. Ältere Dorfbewohner hatten mir viel später davon erzählt.

Aber mir war die Gegend fremd geworden, hatten wir doch Oma immer nur in den Ferien besucht. Mein Vater ging als junger Mann aus Rumänien nach Deutschland zurück, heiratete dort und ich kam Anfang der siebziger Jahre auf die Welt.
Bis Ende der achtziger Jahre kann ich mich an wunderschöne Urlaube in Rumänien erinnern. Dann starb meine Oma, am Tag des heiligen Andreas, dem letzten Tag im November. Auch den Tag der Wölfe in Siebenbürgen genannt.

Zur Beisetzung durfte ich die Schule schwänzen, denn der Weg war weit und wir wohnten ja in Ostberlin. Bis Siebenbürgen mit dem Auto war es eine Zwei-Tagesfahrt.
Drei Tage nach ihrem Tod sollte ihre Beisetzung stattfinden und normalerweise wird die Abschiednahme dort am offenen Sarg vollzogen. Dieser war aber schon verschlossen, vom Priester schon

mit den Sakramenten versehen und bereit, ihn zum Friedhof zu bringen.

Kein Mensch aus dem Dorf hat den Sarg meiner Großmutter begleitet. Meine Eltern und ich, der Priester und zwei Totengräber waren die Trauergesellschaft.
Hinter den Fenstern sah man beim Vorbeilaufen Bewegung an den Gardinen in den Häusern. Die Menschen waren doch da, kannten doch meine Oma und gingen zu ihr hin, wenn der Arzt mal nicht helfen konnte. Wo waren die Alle?

Der Weg zum Friedhof war verschneit, das Grab nur mit Mühe ausgehoben worden und man sah, dass der Boden bis fast einen Meter Tiefe gefroren war. Kalt wird es hier im Winter manchmal, lange legt er sich auf die Landschaft und das Gemüt der Menschen. Teilweise erst Ende Mai sind die Passstraßen oben im Fagaras Gebirge erst wieder offen, so lange liegt dort Eis und Schnee und die Straßen sind unpassierbar.
Der Sarg wurde schnell abgesenkt, nur wenige Worte vom Priester damals gesprochen und das Ganze schnell von

den beiden Totengräbern zugeschaufelt. Die Blicke der Männer haben mich bis in meine Träume verfolgt, stechend und sehr eindringlich.

Oma war in ihrem kleinen Holzhaus verstorben, das etwas abseits der Asphaltstraße lag. Ein typisch altes Holzhaus, windschief, braun angestrichen und mit einem großen Garten, einer Scheune und einem Ziehbrunnen auf dem Hof.
Ein Platz zum Wohlfühlen in meiner Kindheit. Was gab es hier nicht alles zu entdecken und zu erleben. Es sind meist diese Erlebnisse aus der Kindheit, die einen nicht mehr loslassen und sein ganzes Leben lang begleiten, glückliche Kindheitstage halt.

Papa hatte dann immer zu tun, das alte Haus wieder auf Vordermann zu bringen. Mama half Oma, um alles einmal aus dem Haus raus und nach dem Saubermachen wieder rein zu bringen. Zu Tun gab es immer etwas, die Holzfenster waren immer undicht und das kleine Zimmer unter dem Dach, was mein Refugium war, hatte mit losen

Dachziegeln und im Zimmer nistenden Vögeln zu tun.

Ich traf mich auch schon mal mit Mädchen und Jungen aus dem Dorf, denn ein Besucher aus dem so weit entfernten deutschen Gebiet war selten. Touristen verirrten sich nur sehr selten hierher, höchstens mal, wenn sie den Abzweig in die Stadt Sibiu verpasst hatten.

Nach der Beisetzung gingen wir noch einmal in das leerstehende Haus. Diese alten Häuser haben immer so einen merkwürdigen Geruch innen, manchmal auch, wenn da alte Menschen drin gewohnt haben. Sie wissen, was ich meine!
Schon beim Eintreten über die Schwelle nahm ich damals diesen Geruch wahr, als wenn meine Oma noch auf ihrem Sofa am alten Kachelofen saß.

Meine Eltern wollten erst am nächsten Tag wieder in Richtung Heimat fahren und wir blieben für die Nacht dort.
Es war schon beklemmend, in dem Haus zu sein, wo bis vor ein paar Tagen noch

meine Oma lebte. Es war, als wenn sie noch seelisch anwesend war.

Mich umfing diese Nacht aber keine emotionale Kälte, eher ein Gefühl des Geborgenseins und der Nähe zu einem geliebten Menschen. Woher es damals kam, war mir nicht bewusst, doch schwöre ich bis heute, als ich nachts kurz aus dem Schlaf erwachte, sah ich die Hand meiner Großmutter an meinem Bettpfosten. Diese Hände kannte ich zu gut, voller Falten und Altersflecken. Sie waren mir doch so vertraut gewesen, hatte Oma doch so viel mit mir gebastelt und mir so viele glückliche Tage bereitet. Dieses Erlebnis, mit der Hand am Bett, wollten mir meine Eltern damals nicht glauben, taten es als Kinderphantasie ab.

Nach dieser Nacht nahmen wir viele persönliche Dinge mit und ließen das Haus zurück. Mein Vater hatte es dann wohl verkauft, was sollten wir damit, zu lang war der Fahrweg von uns dorthin. Oma als Bezugspunkt war auch nicht mehr da. Also nahm ich damals Abschied von diesem Ort.

Lange ist es her, die Erinnerungen schon fast verblasst, aber nach der Wende wollte ich noch einmal in die Gegend, mir anschauen, ob das Grab noch da ist und wie sich die Dinge da entwickelt haben. Meine Ausbildung als Polizist kam mir aber in die Quere.

Ich habe mich noch gar nicht vorgestellt. Ion Kaiser, Mittvierziger, wohne in Berlin fast am Müggelsee, bin leidenschaftlicher Sportler, Single aus der Not heraus und arbeite für das Bundeskriminalamt als Zielfahnder.

Einige Auslandseinsätze hatte ich in letzter Zeit schon hinter mir, meine Batterien waren fast leer, der eingereichte Urlaubswunsch wurde aber schon wohlwollend besiegelt.

Noch vierzehn Tage, dann geht's zum Roten Meer, sonnen, tauchen, essen und einfach mal ausspannen. Vielleicht bietet sich da mal wieder ein keiner Urlaubsflirt an. Voriges Jahr war es der Hammer, eine rassige Russin. Man, hatte die Feuer, danach war ich noch geschaffter als vor dem Urlaub.

Diesmal muss ich mehr auf meinen Körper aufpassen. Die Sache vom vergangenen Monat in Uganda, wo wir einen verdächtigen deutschen Waffenhändler aufspürten und mitnehmen wollten, war gründlich schief gegangen. Der Typ hatte alles, was lokale Behörden anging, auf seiner Gehaltsliste. Uns blieb nur die Flucht, wie geprügelte Hunde, über Tansania zurück nach Hause.

Bis heute habe ich meinen normalen Rhythmus bei der Verdauung noch nicht wiedergefunden. Laut Tropeninstitut, zu viel von verseuchtem Wasser und Dreck genascht. Wir Europäer sind halt auch zu weich für so etwas.

Da saß ich nun am Schreibtisch meiner Dienststelle, dachte an die alten Zeiten und surfte ein wenig im Internet. Bilder vom Roten Meer, Sonne, Sand und Ruhe, als die Tür aufging und Babsi, unsere Neue im Team, mir zurief: „Sollst mal zum Chef rüberkommen."

Na super, meist hat der Alte, wie wir ihn nennen, Ideen, die andere für ihn ausprobieren sollen. Aber seine Erfahrung und sein Führungsstil ist super, Butterbrot und Peitsche, anders geht's auch nicht bei uns.

Also dann ab in die Höhle des Löwen.

„Kommen Sie rein Ion und schließen Sie die Tür. Ich habe da was auf dem Herzen."

Klang nicht gut! Mal wieder so eine seiner Ideen, wie damals, wo ich in Griechenland mit einem Kollegen in eine Schlepperbande infiltriert werden sollte. Klar ging das schief, meine Frontzähne sind seitdem von Papa Staat bezahlt worden und schmerzen nicht mehr bei heißem Kaffee.

„Ion, Sie sind doch rumänischer Abstammung, oder?"

Was sollte das denn nun wieder? Fehlte im Büro irgendwo ein Kugelschreiber, hieß es, zwar als Spaß gemeint, aber mich trotzdem treffend, schau doch mal bei Ion. Rumänen haben zu deutschem Eigentum ja wohl ein gespaltenes Verhältnis. Dieses Klischee musste einfach bedient werden, macht ja sonst auch keinen Spaß, dafür traf ich meine Kollegen mit anderen Dingen.

„Klar Chef, mein Vater war Rumäne, ich bin ein Mischwerk aus allem, Ostpreuße, Deutscher, Rumäne und wahrscheinlich sogar Eskimo, denn mir ist nie kalt."

Er schaute streng zu mir herüber.

„Folgendes Ion: Ich habe gerade vom

Außenministerium eine Anfrage für die Entsendung eines Zielfahnders bekommen. Da kommen Sie ins Spiel. Ich gehe mal von einer Woche maximal aus, Sie wollen ja pünktlich Urlaub machen, wann war das noch gleich?"

Meine Laune war im Keller, solche Sachen passieren immer wieder bei so einem Beruf, Urlaub geplant und dann kommt so ein blöder Fall in die Quere.

„Kann das nicht Oliver machen? Der ist frisch ausgeruht wieder aus seinem Urlaub zurück."

Mein Chef schüttelte den Kopf. „Ich brauche Sie, es geht um eine Sache in Rumänien. Vor einer Woche verschwand dort ein Wohnmobil mit zwei Deutschen drin, spurlos! Auf einem Überwachungsvideo einer Tankstelle tauchten sie das letzte Mal auf, seitdem kein Lebenszeichen mehr."

Mist, Rumänien und dann auch noch Ende Oktober, Wetter ist da mies und es war keins meiner Wunschreiseziele.

„Ist das nicht eher ein Fall für die lokalen Polizeibehörden vor Ort, vielleicht ist das Wohnmobil in eine Schlucht oder so etwas gefallen, es gibt viele davon. Kenne ich noch von früher."

Der Chef war schlagfertig genug. „Genau deshalb sollen Sie den Fall übernehmen, Sie kennen sich dort aus, sprechen die Sprache und haben so mehr Möglichkeiten vor Ort.

Die rumänischen Behörden haben zugesagt, uns in vollem Umfang zu unterstützen. Da gibt es noch etwas. Babsi macht Ihnen gerade die Akte fertig. Äh, es geht darum, die Verschwundenen möglichst lebend und zeitnah zu finden. Der Fahrer ist ein Marcel Höffler, die Beifahrerin eine Frau Weiß, ja Weiß wie der Name ihres Vaters, Johannes Weiß, Mitglied im Deutschen Bundestag und Oppositionsführer. Sie verstehen die Dringlichkeit? Herr Weiß will sich mit Ihnen sowieso noch unterhalten, bevor Sie abfliegen. Versauen Sie es nicht und bringen Sie bloß gute Nachrichten mit. Viel Glück!"

Jetzt war meine Stimmung so richtig auf dem Tiefpunkt. Auch noch ohne Kollegen dort zu arbeiten, machte es nicht einfacher. Lieber Jemanden an der Seite haben, auf den man sich verlassen kann und der im Notfall da ist und einem auch helfen kann.

Babsi gab mir die Akte mit und buchte mir einen Flug nach Bukarest. Ein Mietwagen stand wie immer abholbereit am Flughafen.

Babsi macht das immer für die ganze Abteilung, buchen, mieten, besorgen, sie ist ein Ass im Organisieren.

Die Akte las sich nicht sonderlich spannend. Zwei Menschen vermisst, mit dem Wohnmobil von Deutschland nach Rumänien gefahren, Ziel die Stadt Schäßburg in Siebenbürgen. Wohnmobil gemietet, Adressen der Vermissten und Arbeitgeber.

Rein vom Ablauf her ruft man erst einmal den Vermieter des Wohnmobils an und da der auf meiner Route nach Hause lag, fuhr ich kurz bei ihm vorbei.

Voller Hof zu dieser Zeit. Naja, war nicht mehr das Reisewetter für Wohnmobile, nur die ganz Harten stehen auf Camping im Winter. Ich hasse das schon im Sommer.

Mein Weg führte mich ins Büro der Vermietung. Alles da für die Freunde des wilden Lebens, Gasflaschen, Tausch auch möglich.

Meine Gasflaschen zum Tauchen warten in Kürze am Roten Meer auf mich. Ein toller Gedanke, stattdessen renne ich im kalten Berlin herum.

Ein kleiner, grauhaariger Mann kam auf mich zu und begrüßte mich. „Schauen Sie sich ruhig um, wir haben für Jeden was da."

Mein Dienstausweis brachte ihn von der Verkaufstour ab, mein Anliegen war ihm schnell klar und er nahm mich mit ins gut geheizte Büro.

„Sauwetter draußen, wie kann ich helfen?" Standardfragen wie immer, wann gemietet, wie lange, von wem.

Er war über das Verschwinden seines Wohnmobils zwar überrascht, schien aber gut versichert zu sein. Seine Qual, den Wagen zu verlieren, hielt sich in Grenzen.

Den Mietvertrag allerdings musste ich beschlagnahmen. Mieter des Wohnmobils war weder Fahrer noch Beifahrer, sondern eine noch unbekannte Person hatte das Fahrzeug schon Ende August gemietet, bar bezahlt und Kaution hinterlegt. Mietende war Anfang Dezember.

Dem Vermieter versprach ich, mich zu melden, wenn sein teures Teil wieder auftauchen sollte.

Babsi hatte ich per Telefon noch im Büro erreicht. „Schau mal bitte in den Computer, Name Mitrica Schäubener, geboren am zwölften März siebzig, Adresse Berlin, Märkische Allee zweihundertsieben in Berlin-Marzahn."

Es dauerte eine Weile, am anderen Ende war die Tastatur des Computers zu hören. „Negativ, keine Einträge, weder mit dem Namen, noch Adresse. Ich weite mal auf Europa aus. Mal sehen, was er dann sagt."

Na super, fing schon gut an, doch vielleicht nur ein Diebstahl. Wohnmobile bringen Geld und das Teil war fast neu gewesen, dazu mit Komplettausstattung.

„Hab hier was. Mitrica Schäubener ist schon vor sieben Jahren gestorben und war über achtzig Jahre alt. Da stimmt doch was nicht."

War wohl anzunehmen. „Danke Babsi."

Doch viel Zeit blieb nicht. Mein Handy klingelte, eine unbekannte Telefonnummer. Ich hasse so etwas, meist hat der Anrufer etwas zu verbergen. Eine tiefe Stimme begrüßte mich. „Guten Tag

Herr Kaiser, mein Name ist Johannes Weiß, Sie kennen mich bestimmt."

Klar, wer kannte ihn nicht, der Gegenspieler der Regierung, immer etwas zu laut und zu polternd, doch seine markigen Sprüche kamen bei den Menschen gut an. Angeblich war er einer von ihnen, Pustekuchen. Millionär vom Starnberger See, aber vielleicht wird es ja bei den nächsten Wahlen was mit ihm.

Er erzählte mir von seiner Tochter, dem wenigen Kontakt zu ihr und dem Freund der Tochter. Sie war eher etwas alternativ im Gegensatz zu ihrem konservativen Vater, das hatte sie wohl schon vor Jahren entzweit. Doch erst vor Kurzem suchte die Tochter den Kontakt zum Vater, wollte sich aussprechen. Das gelang wohl auch und zu Weihnachten sollte sogar wieder in Familie gefeiert werden, doch brach sie unvermittelt zu einer Fahrt nach Rumänien auf. Nur mit einer kleinen Nachricht verabschiedete sie sich. „Bin in Rumänien, dauert etwas, melde mich."

Die Tochter eines Politikers hat es bestimmt nicht nötig, teure Wohnmobile ins Ausland zu fahren, um da einen Deal mit ausländischen Autohändlern abzuschließen.

„Herr Kaiser, ich möchte Ihnen jemand an die Seite stellen, ein Mitarbeiter der Staatskanzlei wird Sie begleiten. Ich dulde auch keinen Widerspruch, mit Ihrem Chef habe ich das abgesprochen. Sie treffen sich morgen früh auf dem Flughafen. Wenn Sie Erfolg in Rumänien haben, würde ich Sie bitten, sich unter dieser Telefonnummer zuerst bei mir zu melden. Vielen Dank."
„Welche Telefonnummer?", war doch glatt meine Frage. „Ach ja, der Mitarbeiter am Flughafen hat meine Durchwahl."
Passt ja wieder perfekt, die Chefs handeln ein Deal aus und ich arme Sau darf es ausbaden.

Ein gepackter Koffer liegt für schnelle Abreisen immer in meiner Wohnung bereit, man lernt aus Fehlern. Ein Bote aus der Dienststelle brachte mir noch die notwendigen Unterlagen vorbei, ein Flugticket und die Bescheinigung für das Mitführen einer Waffe im Flugzeug.

Also war mein Abend bestimmt davon, noch einmal zu duschen, es sich auf dem heimischen Sofa gemütlich zu machen und die Akte zu studieren.

Es konnte nur ein Fall sein, der mit Autohändlern zu tun hatte.

Der Fahrer des Wohnmobils hatte eine saubere Weste, nicht mal falsch geparkt, nie aufgefallen, Student in Berlin, aus gutem Hause, wohnhaft noch bei den Eltern. Seit einiger Zeit mit der Tochter des Politikers leiert.

Wer von Beiden sollte da einen Mann kennen, der mit falschem Ausweis ein Wohnmobil mietet und dann noch für lange Zeit bezahlt. Dann doch lieber kurz mieten, über die Grenze und fertig.

War mir noch zu unklar, was das sollte, vielleicht eine lange geplante Entführung eines Politikerkindes, was sag ich Kindes, das war eine junge Frau, vierundzwanzig Jahre alt und ein hübsches Ding.

Vor dem Einschlafen gingen mir viele Sachen durch den Kopf, Siebenbürgen, Oma und die lange Zeit, wo ich ihr Grab nicht besucht hatte und der Fall jetzt.

Diese Nacht schlief ich schlecht, sah im Traum wie damals die Hand meiner Oma an meinem Bett, diesmal aber war die Hand heller und älter. Kein Wunder, dass meine Bettwäsche am frühen Morgen voll geschwitzt und nass war.

Erst die kalte Dusche und mein morgendliches Müsli-Frühstück brachten mir wieder die notwendige Energie zurück. Gleich ist das Taxi da und der Flug nach Bukarest ging bald los.

Damals, vor über zehn Jahren, als mich das BKA zu sich holte, fragte man mich, ob ich Reisebereitschaft besitze. Damals kein Problem. Nach all den Jahren wird man müde, Flughäfen stressen, die ganze Fliegerei ist nicht mehr so wie früher, der Charme ging mit den Billigangeboten verloren, wie so vieles.

Damals sollte ja auch eine Frau und Kinder in mein Leben passen. Bei dem Job? Keine Chance, fast jeder aus der Dienststelle ist geschieden oder lebt alleine. Babsi sagt immer: „Was soll ich mit einem Mann, was mir Batterien in einem schönen Gerät nicht geben können." Kopfkino Babsi!

Das Taxi ließ mich pünktlich am Flughafen Berlin-Schönefeld raus und ich war mal gespannt, wo und wann sich mein neuer, aufgedrängelter Partner zu erkennen gibt.

Flug mit Easy Jet vom Terminal wo? Alles rempelt einen hier an! Bleib ruhig, Ion!

Voll wie immer, stand man mit allem, was eine Großstadt zu bieten hat, in der Warteschlange. „Herr Kaiser?"

Eine Frau Ende dreißig sprach mich an. „Jup, was gibt es denn?" Sie war ne hübsche Maus, ziemlich groß, blond und hielt mir einen Ausweis entgegen.

„Hannah David, guten Tag, ich bin ihr Kontaktmann, also -frau!"

Bin nicht sehr oft überrascht im Leben, diesmal schon. „Okay, damit habe ich nicht gerechnet. Ion Kaiser, guten Tag, aber keine Angst im wilden Osteuropa, ich pass schon auf Sie auf."

Ihr mitleidiges Lächeln ärgerte mich schon. „Herr Kaiser, ich bin alt und groß genug, um auf mich selbst aufzupassen. Ich glaube vom Dienstrang her bin ich ab jetzt Ihre Vorgesetzte. Ich arbeite für Europol, die europäische, übergeordnete Behörde."

Peng, das knallte richtig. Mein Chef hatte mal wieder ganze Arbeit geleistet.

„Ich will Sie nicht ärgern Herr Kaiser, die Idee kam aus der Staatskanzlei. Sie sollen der Beste sein, kennen sich in Osteuropa aus und sprechen Ungarisch und Rumänisch. Bin gerne bereit, da was von Ihnen zu lernen."

Aha, klang schon anders. Der netten Motte kann ich auf jeden Fall was beibringen, hoffe da mal auf ein Doppelzimmer im Hotel.

„Na dann auf gute Zusammenarbeit." Mehr brachte ich nicht heraus.

Am Schalter gab ich mein Ticket und den Koffer ab, das Ticket zog mir meine neue Kollegin aus der Hand und gab dem verdutzten Schaltermenschen ein Neues.

„Was soll das denn, wir müssen nach Bukarest!"

Scheinbar nicht. Auf dem neuen Ticket stand Budapest, auch mit Easy Jet, aber eine halbe Stunde später.

Wir gaben uns als Polizeibeamte mit Waffen zu erkennen und durften dann durch die Sicherheitsschleuse ohne Probleme hindurch. Die Kollegin David zog mich am Ärmel meiner Jacke durch

den Flughafen an einen leeren Tisch, „Bin gleich wieder da", und erschien kurz danach mit Brötchen in der Plastiktüte und Cola. „Ich gebe einen aus."
Wahnsinn, so eine Köstlichkeit? Na besser als ein Gummibrötchen im Flieger.
Sie erklärte mir den Umstand der Umbuchung. Laut ihren Erkenntnissen hatte das Wohnmobil in Budapest einen längeren Halt in einem Stadtteil in der City gemacht. Videoaufnahmen bestätigten es. Wir sollten uns, bevor wir nach Rumänien fahren, in Budapest einen Überblick über eventuelle Kontakte zu Einheimischen oder dem Grund des längeren Verbleibens in der Stadt erkundigen.
Der, ach nein, die Vorgesetzte sagt an und ich habe zu folgen!

Budapest war nur eine Flugstunde entfernt, ein Mietwagen schnell gefunden und die Fahrt in die Stadt kein Problem.
„Meine Dienststelle hat uns ein Hotel gebucht Herr Kaiser, direkt in der Innenstadt. Fahren Sie bitte zum Intercontinental Hotel." Nobel, nobel, meine

Dienststelle hätte eine Jugendherberge gefunden mit Viermannzimmer.

Scheinbar waren die finanziellen Möglichkeiten von Frau David größer als ich annahm. Da kroch schon etwas der Neid in mir hoch.

„Können Sie die Schilder hier lesen, Herr Kaiser? Ungarisch soll sehr schwierig sein." Hatte ich gehört und begrüßte den Concierge vor dem Hotel Interconti, der unseren Wagen abnahm, auf Ungarisch. Auch die Zimmer waren schnell gefunden, von ihrer Seite kam das Wörtchen „Respekt!"

Rumänisch sprachen wir zu Hause durch meinen Vater, Ungarisch durch einige Verwandte. Sie lebten zwar in Rumänien, gehörten dort aber einer Minderheit an. War früher alles kein Problem.

Mit meiner Kollegin verabredeten wir ein gemeinsames Abendessen, schön in der Stadt. Passte gut, denn unser Ziel lag im Jüdischen Viertel von Budapest, hinter der großen Synagoge. Ein Szeneviertel wie bei uns in Berlin Friedrichshain oder Kreuzberg.

Frau David hatte eine Adresse parat mit einer dunklen Einfahrt, die auf einen Hinterhof führte. Schwer zu finden, denn es wird Ende Oktober früh dunkel. Nein, wir hatten ja schon den ersten Tag des Novembers. Wie die Zeit vergeht!

An einem Metalltor klingelten wir, ein Mann trat heraus und ich begrüßte ihn auf Ungarisch. Ein knapper Gruß kam zurück, ich fing an Fragen zu stellen, über das Wohnmobil, die Insassen und die Zeit, wo es hier stand. Es gab ja Zeugenaussagen und Videobeweise. Der Typ schien mir aber nicht zuhören zu wollen.
Frau David übernahm ab da, schnappte sich den Hals des Mannes und stieß ihn ins Haus zurück. Darauf war ich so gar nicht vorbereitet und sie redete mit ihm aber nicht auf Ungarisch, meiner Meinung nach auf Hebräisch.

In der Wohnung lief noch mehr un-durchsichtiges Volk herum, ließ uns aber gewähren. Der Mann plauderte auf einmal wie ein Wasserfall, dabei lief sein Gesicht schon rot an. Die Hände meiner Kollegin hatten wohl einen festen Griff.

Mir blieb nur das Warten und mich Umsehen. Ein jüdischer Haushalt, Davidsterne überall, aber auch christliche Symbole, auf der Anrichte im Flur eine Kette aus Knoblauchzehen. Na dann guten Appetit, das hält bestimmt sämtliche Nachbarn fern.

Mit einem Wink von Frau David verließen wir die Wohnung, gingen durch die noch gut gefüllten, vollen Straßen bis zu einem Restaurant. Eigentlich zu früh, um zu essen, aber meine Neugier war geweckt. An einem Tisch mit einem Glas Wein, lässt es sich doch entspannter als auf der Straße plaudern.
„Sie sprechen Hebräisch? Respekt." Sie grinste, „Ja, ich bin Jüdin, sieht man wahrscheinlich nicht, die blonden Haare, sind aber echt."
Da gibt es eine Möglichkeit, das zu überprüfen, aber lassen wir das. Man soll seine Vorgesetzte nicht begehren.

Sie erzählte mir die Geschichte, die ihr der Mann preisgegeben hatte.
Das Wohnmobil war wirklich dort, hatte im Innenhof des Hauses gestanden, fast vier Tage lang. Zu sehen war nur

manchmal ein Pärchen, sie gingen immer in das Haus hoch. Er weiß nicht wohin, er will auch keinen Ärger haben, kennt hier niemanden richtig.

Im Haus wohnen merkwürdige Leute, er sei erst vor drei Jahren hergezogen, aber alle Anderen im Haus wohnen schon immer dort, teilweise noch aus der Zeit, als sich das jüdische Ghetto hier befand.

Morgen früh werden wir der ungarischen Polizei mal einen Besuch abstatten und uns mal über das Haus und seine Bewohner in Kenntnis setzen lassen.

Der Abend war gerettet, guter Wein, gutes Essen und doch eine ganz nette, neue Kollegin. Ich hasse den Winter übrigens, Frauen sind bis zum Hals in Klamotten eingepackt, ein kleiner Blick wie im Sommer auf die schönen Dinge des Lebens, sind da nicht möglich. Alles reine Spekulation, leider.

Der Winter ist in Osteuropa noch ein richtiger Winter, mit Kälte, Schnee und Eis. Und das schon Anfang November, so auch hier. Die Donau war fast zugefroren, Dampfer lagen vertäut am

Steg und die Zahl der Touristen hielt sich in Grenzen. So machte ein Spaziergang zum Polizeirevier keinen Spaß.

Unser Besuch bei der ungarischen Polizei stieß vor Ort nicht eben auf Zustimmung, aber der Dienstausweis von Europol half weiter. Ein netter, junger Polizist kam auf uns zu und begrüßte uns auf Deutsch, wie er helfen könnte und was unser Anliegen sei.

Nach dem Zeigen der Adresse und den erbetenen Auskünften darüber, wurde er einsilbig und stiller.
„Kommen Sie, kommen Sie, wir gehen in anderen Raum, wir hatten mit dieser Adresse schon ein paar Probleme. Dort ist vor zwei Monaten ein Kollege mit einem Messer wahrscheinlich überfallen worden. Er hat viel Blut verloren, arbeitet noch nicht wieder.
Wir haben damals nichts gefunden, sind aber sicher, dass er im Hausflur in der dritten Etage angegriffen wurde. Ein Stich in den Hals, er konnte noch den Notruf absetzen, dadurch wurde er schnell gefunden.

Das ganze Haus haben wir durchsucht, nichts. Auch die Hausbewohner haben nichts gesehen, sagen sie jedenfalls. Auch in den Wohnungen gab es so gar nichts zu finden, was uns weiterhelfen konnte. "

Eine merkwürdige Geschichte. Der Polizist hatte wohl bloß einen Verkehrssünder gesucht und wollte die Adresse überprüfen.
Zwei Dinge, die wir also noch tun müssen. Den Polizisten besuchen und uns im Haus umsehen.
Laut unserer ungarischen Kollegen kein Problem, am nächsten Tag können wir dort hinein, aber mit Unterstützung, nicht alleine.
Also besuchten wir den verletzten Polizisten, die Adresse gab uns sein Kollege mit. Im Stadtteil Pest in einer etwas heruntergekommenen Wohnsiedlung wurden wir fündig. Ein kleines Mädchen öffnete uns und wir traten ein. Vom Polizeirevier wurde er schon über unser Kommen informiert.
Er war so ein typischer Polizist, gradlinig, akkurat und mit präzisen Antworten sofort zur Stelle.

Laut seinen Aussagen hatte er in diesem Haus im Treppenflur gestanden und wollte gerade an einer Wohnungstür klopfen, als ihm jemand in den Hals stach. Die Wunde am Hals war immer noch deutlich zu sehen. Kunststück, bei so etwas zu überleben. Er konnte noch auf die Notruftaste am Funkgerät drücken, danach weiß er nichts mehr.

Der Hausflur war leer, als er die Treppen hochstieg, bis zur dritten Etage. Wo der Angreifer her kam, ist ihm ein Rätsel.

Uns auch, morgen schauen wir uns in dem Haus mal um. Irgendetwas muss es geben, soviel Erfahrung habe ich über die Jahre.

Meine Nacht war einsam in diesem Hotel. Meine Kollegin war im Nachbarzimmer, neugierig auf sie war ich schon. Schlief sie nackt, war sie Single? Wie sieht sie ohne ihre ganzen dicken Klamotten aus. Na gut, mal wieder Handbetrieb unter der Dusche, auch was Schönes. Braucht man nicht Lächeln im Nachhinein.

Wir trafen uns im Polizeirevier, zwei Fahrzeuge waren uns zugeteilt worden und meine Kollegin nahm einen kleinen blauen Koffer mit. Bestimmt so ein Kripozeugs mit Pinsel und Lupe.

Die Polizei wurde, als wir eintrafen, zwar zur Kenntnis genommen, aber von den Menschen vor Ort scheinbar nicht sonderlich geliebt. Ein alter, dunkler Hauseingang mit breiten Treppen und schweren, gusseisernen Handläufen schien wie aus alter Zeit entsprungen zu sein, noch völlig unrestauriert hatte er die Jahrzehnte überstanden. Der Geruch von alten Häusern hing im Treppenhaus, das spärliche Licht schien noch aus der Bauphase zu stammen. Die dritte Etage sah nicht anders aus als die beiden vorigen. Zwei Wohnungen gingen jeweils rechts und links ab, verschlossen mit alten, handgeschnitzten Holztüren.

Frau David nahm ihr Köfferchen und klappte es auf, nix mit Pinsel und Lupe, ein Bildschirm mit Laserabtaster. Gehört hatte ich schon davon, gesehen noch keins dieser Geräte. Das Gerät schien die Wände und Treppen zu scannen, bis ganz oben zuckten helle, rote Strahlen und Blitze durch das Treppenhaus.

„Was kann das Ding?" Sie schien sich zu freuen, der Trottel hatte keine Ahnung.

„Es implementiert Sachen, die nicht mit normalem Auge oder normalen kriminal-technischen Dingen sichtbar werden. Auch wenn es schon einige Zeit her ist. Die Auswertung machen wir später am Computer. Die Technik kann auch für die Erforschung von Gräber aus der Zeit der Pharaonen eingesetzt werden."

Aha! Normalerweise gilt bei uns, Tür eintreten, die Typen schnappen oder so lange raufhauen, bis einer was sagt. Neues Gebiet, nix mehr für meine Generation.

Die Polizei zog mit uns ab, ich zupfte Frau David am Arm. „Schauen Sie mal, Etage zwei, aber langsam umdrehen."

Am Fenster stand der Mann vom ersten Tag, dem Frau David so charmant die Gurgel zugedrückt hatte. Diesmal stand er aber nicht in seiner Wohnung. Was machte der Kerl dort? Laut seiner Aussage hatte er kaum Kontakt zu den Bewohnern.

Die Liste der Bewohner des Hauses drückte uns der nette Polizist zum Abschied noch in die Hand.

An einem Namen blieb mein Finger hängen und ich rief den Polizisten zurück, Mitrica Schäubener, schon wieder taucht der Name auf.

Also noch kein Feierabend: Laut dem Polizeicomputer wohnte unter dieser Adresse die Familie Schäubener schon seit über neunzig Jahren, hatten den Holocaust im Dritten Reich mitgemacht und überlebt. Der letzte der Familie war Mitrica, gestorben vor sieben Jahren im November. Wo beigesetzt? Darüber schwieg der Computer.

Wer nimmt hier die Identität von Toten an und wozu? Was machten die Deutschen mit dem Wohnmobil hier und wer hatte es bezahlt?

Der Bitte, nachzuforschen, wo Herr Schäubener bestattet wurde, kam der Polizist sofort nach. Laut dem Sterberegister der Stadt Budapest wurde er in ein kleines Dorf Namens Mako überführt. Es liegt gleich hinter der Stadt Szeged an der Grenze zu Rumänien.

Es wird dann wohl keinen Weiterflug nach Bukarest geben, sondern eine Autofahrt durch die ungarische Tiefebene Puszta.

Die Kollegen aus Budapest hatten uns gut weitergeholfen. Rest Auswertung am Computer im Hotel, ich hatte gar keinen dabei, schauen wir mal.

Bei Frau David sah es anders aus. Sie bat mich, selbstverständlich dienstlich, in ihr Zimmer und machte ihren Koffer auf. Neben roter und gelber Spitzen-unterwäsche lag da auch ein Laptop drin. Wie sie wohl in der Unterwäsche aussah?

„Herr Kaiser?!" Ich war nicht bei der Sache. „Ja, ich höre zu."

Mein Blick hing etwas zu lange an ihrer Wäsche, von der BH-Größe schloss ich auf zwei gut gefüllte Hände. Mann, war Observationsarbeit schön.

Sie hatte indes den Computer gestartet und das komische neue Gerät an-geschlossen, Bilder wurden sichtbar, alles in 3D.

Was sollte uns das nun sagen? Sie schien meine Ungeduld zu spüren. „Setzen Sie sich hin, Sie verbreiten Hektik." Gut, Abwarten war nie eine Stärke von mir. Nicht verstehen, was ein anderer macht, nervt auch.

Sie stieß einen Pfiff aus. „Das ist ja ein Ding. Schauen Sie mal, das Gerät kann zum Beispiel erkennen, ob jemand in einer Staubschicht einen Abdruck hinterlassen hat oder sich Blutspritzer irgendwo befinden. Bei Abdrücken ist es ein tiefes Relief wie hier, bei Blutspritzern ein hohes, wie hier, oder da."

Oder da, war mehr als merkwürdig. Blutspritzer waren entlang der Mauer zu sehen, ganz klein, aber in der letzten Etage recht groß, in fast drei Metern Höhe. Der Polizist war aber nur bis zur dritten Etage gekommen. Das heißt, sein Angreifer ist nach oben geflüchtet.

Neuigkeiten sind das schon, aber auch gute und verwertbare?

Die Polizei wurde von uns unterrichtet und versprach, sich noch einmal umzusehen, dann würden sie sich melden.

Wir waren noch kein Stück weiter, hingen fest, bis jetzt fehlt ein riesiger Bruchteil vom Ganzen.

Es sollte morgen in der Früh Richtung Süden gehen, die Autobahn Nummer Fünf entlang bis hinter die Stadt Szeged. Dort lag das kleine Örtchen Mako, verschlafen am Fluss Maros.

Da kamen alte Erinnerungen in mir hoch, die Maros floss aus Rumänien herüber nach Ungarn und hieß in den Karpaten Mures. Sie führte mitten aus dem Fagaras Gebirge hinaus in die ungarische Tiefebene. Als Kind hatte ich an ihren Ufern oft gespielt und wenn meine Großmutter mit dabei war, sagte sie immer: „Ion, geh nicht so nah ans Wasser, es ist verwünscht, seit dort damals die Frau von Vlad Tepes ertrunken ist. Sie hat sich im Wasser das Leben genommen. Die Mures ist seitdem ein unheiliger Ort."

Die Mures war wirklich unheimlich, floss schnell und hatte immer eine braune Färbung. Teilweise schäumte das Wasser, das kam aber wohl eher von der Industrie in der Nähe der rumänischen Stadt Arad.

Der Abend legte sich mit Nebel über Budapest. Die Straßen wurden ungemütlich kalt, also nahmen wir unser Abendessen im Hotel ein.
Ganz zwanglos sollte es sein, doch ich machte mich schick, um meiner Kollegin etwas zu gefallen. Ein wenig guten Duft

da, den Dreitagebart etwas gestutzt und ein frisch gebügeltes konturbetontes Hemd angezogen.

Sie kam zum Abendessen wie wir von der Straße kamen und hatte sich nicht umgezogen. Ich hatte auf etwas mehr gehofft und sie schien das Prinzip Eisblock mit einer unübertroffenen Härte durchziehen zu wollen.

„Na Herr Kaiser, noch was vor heute Abend? Sie haben sich ja so auf-gebrezelt. Der Typ an der Rezeption vielleicht, ich glaube, der ist ihr Typ."

So schnell wurde ich aus meinen Träumereien gerissen, sie hielt mich für schwul, warum?

„Ich steh schon auf Frauen!" Was sollte ich da auch anderes sagen. „Na klar, Herr Kaiser, wenn Sie das sagen. Aber Heteros sind meist nicht so penibel mit ihrem Äußeren, na ja geht mich ja nix an, Sie können sich ruhig amüsieren gehen, aber zum Dienstantritt sind Sie wieder alleine."

Der Drops ist wohl gelutscht, ich bin in ihren Augen ein Schwuler, nur weil ich es schön finde, mich adrett zu kleiden und nicht nach Schweiß stinken möchte.

Meine Gedanken kreisten aber auch um unseren Auftrag, uns ist etwas nicht aufgefallen. Da verschwinden zwei Menschen und haben Kontakt zu einem Typen, der sich eine Identität eines Toten angeeignet hat.

„Frau David, wir sollten für die beiden Wohnungen der Vermissten eine Hausdurchsuchung beantragen, es gibt bestimmt was zu finden.‟

Sie schüttelte nur den Kopf. „Der Vater der Vermissten hat etwas Einfluss, schon vergessen? Das lässt der uns nicht durchgehen, er will unbedingt nach Außen das Image der kleinen, süßen Tochter aufrechterhalten. Wenn wir da eine Hausdurchsuchung starten, bekommt das irgendjemand mit.

Stellen Sie sich vor, Presse und Fernsehen wären sofort zur Stelle und würde versuchen, dem so geachteten Politiker ein paar Knüppel zwischen die Beine zu werfen. Danach wirft er den auf uns. Da habe ich keine Lust zu.‟

Gutes Argument, wie aber weiter? Wir hatten nichts außer einem Namen und einem Grab in Mako.

Das Essen kam und mit einem Schluck Wein wurde auch Frau Eisblock lockerer.

„Herr Kaiser, wir warten hier auf die Auswertungen der Polizei, die scheinen auch recht fit zu sein. Was anderes bleibt uns nicht."

Na gut, dann halt warten, wie so oft im Polizeidienst. Kommissar Zufall hilft teilweise auch ohne, dass man einen Finger krümmt.

Der Abend war doch noch recht angenehm geworden, nett geplaudert und ich war bereit, ein paar Stunden erholsamen Schlafes zu genießen.

Wir verabredeten uns gegen acht Uhr im Speisesaal, ein gemeinsames Arbeitsfrühstück hilft, den Tag gut zu beginnen.

Das Bett im Hotelzimmer war groß und gemütlich, genau mein Ding. Rein, umdrehen und schlafen. Doch diesmal war mein Körper noch nicht gewillt, den Tag hinter sich zu lassen. Zu viel gegessen, der Magen war voll und die Verdauung mit mir unzufrieden.

Fernsehen war auch keine Option, ein wenig am Handy spielen schon.

Die Zeit verging. Früh werde ich aussehen wie ein zertretenes Frettchen. Ohne Schlaf in meinem Alter wird es schwierig.

Aus dem Nachbarzimmer kam ein eigenartiges Geräusch, eine Art dumpfer Schlag oder ein schwerer Tritt auf den Fußboden. War Frau David auch noch wach und konnte auch nicht schlafen?

Der Ruf nach mir durchschnitt die Stille im nächtlichen Hotel. Das war ein Hilferuf! Aus meiner Jacke zog ich meine Dienstpistole und lud durch, zeitgleich riss ich die Tür auf und stürmte auf den Flur. Das Nachbarzimmer war schon offen, aber dunkel.
„Frau David? Hinlegen!"
Und mit einem Satz war ich ins Zimmer gesprungen. Meine Waffe fest umklammert, suchte die linke Hand einen Lichtschalter. Sie fand ihn früher.
Der Anblick war schon was wert, in einem gelben Slip mit knappen BH stand sie vor mir. Ihr linker Arm blutete am oberen Schulteransatz etwas.

„Was war denn los?"
Gute Frage! Ein Mann war in ihr Zimmer eingedrungen und hatte den Computer und das neue Gerät mitgenommen, mit dem wir in dem alten Haus die Scans ausgeführt hatten.

Sie drehte sich um und nahm das Telefon. Dabei war ich im siebenten Himmel, ihr Slip war ein String Tanga, gelb und knapp, ihre wohl geformte Heckansicht strahlte mich an.

„Wenn Sie mir jetzt auf meinen Arsch schauen, dann schlag ich Ihnen die Zähne ein."

War mir gar nicht aufgefallen, der Anblick!

„Zimmer dreihundertvierundzwanzig hier, Frau David. Ich bin eben in meinem Zimmer überfallen worden, Täter flüchtet nach unten, schicken Sie die Sicherheitsleute und ich will die Bilder der Überwachungskameras sehen."

Sie schien die Lage im Griff zu haben. Mit einem Handtuch drückte ich auf die Wunde an ihrem Arm. „Geht schon, danke. Aber Sie sollten sich wenigstens eine Unterhose anziehen, gleich kommt die Security hoch."

Mist! Wusste, da war was! Unterhose bei dem Stress vergessen. Ihr Blick blieb trotzdem an meiner intimsten Stelle hängen.

Laut den Sicherheitsleuten war der Täter entkommen. Die Videos, die uns zur

Verfügung gestellt worden waren, leitete Frau David an Europol weiter.

Der Täter schien sich der Anwesenheit von Kameras bewusst zu sein, auf vielen Bildern war sein Gesicht deutlich erkennbar. Ein älterer, schmächtiger Mann, eingefallene Wangen und schütteres Haar, dazu trug er einen hässlichen Anzug.

Das Hotel schickte alles per Mail nach Deutschland und kurz danach klingelte das Handy meiner Kollegin.

„Hallo, Hannah. Was ist denn bei euch in der Nacht los? Gab keine Übereinstimmung mit dem Bild, der Typ ist noch nicht auffällig geworden. Aber leider auch nicht polizeilich mit Ausweisdokument erfasst. Sorry, kann dir da nicht weiterhelfen. Ich schick dir morgen einen Computer nach Budapest oder Bukarest?"

Frau David zog die Augenbrauen hoch, „Bukarest ins Hotel, in drei Tagen sind wir da, danke dir."

Mein Handy klingelte auch endlich einmal. Sonst gibt es mir noch das Gefühl, ich bin zu unwichtig und bekomme keine Informationen.

Die Telefonnummer kannte ich gut, mein Chef. „Kaiser, was ist denn da los bei Ihnen? Ich hoffe, Sie haben die Situation im Griff?

Es gibt noch eine Neuigkeit. Die Vermissten, also Herr Höffler und Frau Weiß, waren Ende August schon einmal in Budapest. Nur für zwei Tage und jetzt kommts, sie wurden bei der Ausreise am Flughafen mit einer Antiquität in der Tasche kurzzeitig festgesetzt. Der Sicherheitscheck hatte im Handgepäck ein altes Buch gefunden, laut der Beschreibung etwa dreihundert Jahre alt, ungarische und rumänische Texte darin. Das Buch hatten sie angeblich im jüdischen Viertel in Budapest beim Trödler gekauft. Der Zoll hat sie aber mit dem Buch dann doch ausreisen lassen, stand wohl nicht auf einer Liste für geschützte Kulturgüter.

Ich gebe Ihnen mal die Adresse des Trödlers in Budapest, die haben sie am Flughafen im August angegeben, Hollo Utza 24, im Stadtteil Pest.

Da gehen Sie bitte morgen mal hin und fragen, was das für ein Buch war.

Ach ja, mit Ihrer neuen Kollegin ist alles gut? Passen Sie gut auf das Mädchen auf, ich will keinen Ärger mit der Staats-kanzlei haben."

Die passt wohl eher auf mich auf! Mein Angebot, doch lieber bei mir im Zimmer zu übernachten, natürlich wegen der Sicherheit, lehnte sie nur mit einem, „Wohl kaum", ab.
Dann halt nicht. Viel zu schlafen, gab es eh nicht mehr.
Frau David war extrem ablehnend zu mir, was das Verhältnis unter Kollegen außerhalb der Dienstzeit betraf. Hab doch gar nichts angestellt.

Zum Frühstück saß sie schon am Tisch und hatte nicht auf mich gewartet.
„Frau David, habe ich etwas gesagt, was sie gekränkt hat oder ist etwas nicht in Ordnung? Sie kommen mir so vor."
Angeblich war nichts. Typisch Frau. Mein Leben als Single ist doch herrlich, keiner da, der mir mit seiner Laune auf den Wecker fällt, keiner da, der mir etwas vorschreibt.

Die Neuigkeiten von meinem Chef waren scheinbar gar nicht so neu für den netten Eisblock am Frühstückstisch. Sie hatte sogar noch ein wenig mehr in petto. Angeblich hatte der Zoll am Flughafen Fotos des alten Buches gemacht und sie wollten diese per Mail ins Hotel schicken lassen.

Die Rezeption hatte die ausgedruckten Seiten schon diskret in einen Umschlag gelegt und auf das Zimmer von Frau David schicken lassen.

„Was ist das denn?" Hörte ich nur von ihr, als sie die Seiten aus dem Umschlag nahm.

Die Fotos waren alle unscharf und das Objekt nicht zu erkennen, nur am Rand wurden die Bilder wieder schärfer und man sah sogar die Tischmaserung als Untergrund.

Ich rief beim Zoll am Flughafen Budapest an. Laut dem Mitarbeiter dort schien wohl etwas mit der Digitalkamera nicht zu stimmen, die Bilder waren leider unbrauchbar.

Frau David telefonierte parallel mit mir, wurde ab und zu lauter am Telefon und legte nach ein paar nicht all zu netten Worten auf.

„Ich habe jetzt doch um eine Haus- durchsuchung gebeten, wegen mir auch diskret, aber wir brauchen mehr Anhaltspunkte. Ich hoffe, der Herr Politiker ist sich dem Ernst der Lage bewusst und behindert uns nicht auch noch."

Aha, Frau David hat ja doch Durchsetzungskraft gegen die politische Bande in Deutschland, nicht schlecht!

Zu Fuß machten wir uns auf den Weg zum Trödler ins jüdische Viertel. Draußen schneite es dicke Flocken, Budapest sah wie ein Märchenland aus, weiß und sauber.

Der Laden des Trödlers war schnell gefunden und ein etwas merkwürdiger kleiner Kauz begrüßte uns freundlich, wenn auch ein wenig misstrauisch.

Die Dienstausweise halfen, er war bereit mit uns über das Buch zu sprechen. Mein Ungarisch war etwas eingerostet, immer wieder musste ich den Mann unterbrechen. Einzelne Wörter waren mir nach den Jahren glatt entfallen. Ungarisch ist eine Sprache, die man ständig sprechen muss. Sie ist mit keiner anderen Sprache verwandt, also steckt man bald fest, grad wenn schnell gesprochen wird.

Das alte Buch hatte der Trödler aus dem Süden von Ungarn mitgebracht, kam aus einem Nachlass. Er fährt wohl öfter in die kleinen Orte dort, viel gibt es da noch rauszuholen. Grad Touristen zahlen gute Preise für echte Antiquitäten.

Laut dem Trödler war das Buch gar nicht so alt, höchstens einhundert Jahre. Ungarische und rumänische Bräuche waren darin beschrieben. Gab wohl nicht einmal einen aufgedruckten Titel auf dem Deckblatt vorn auf dem Buch.

Das da was nicht stimmt, merkt auch ein Polizeischüler in der ersten Woche. Eine Diskrepanz von einhundert Jahren zu dreihundert Jahren ist enorm und ein Trödler sollte das eigentlich erkennen, die am Zoll aber auch.

Hier waren nicht mehr Informationen heraus zu holen, also statteten wir dem Polizeirevier noch einmal einen Besuch ab.

Der nette Polizist empfing uns wieder, zeigte seine Auswertungen der Blutspuren aus dem alten Haus und präsentierte uns sogar einen kompletten Handabdruck, der sichergestellt wurde.

Nur wo der Handabdruck war, das war ein Detail, der nicht zusammenpasste. Ganz oben auf dem letzten Treppenabsatz in fast drei Metern Höhe. Ohne Leiter kam da niemand ran. Es gab zwar eine Dachluke darüber, aber Spuren dort gleich Null.

Auch der Handabdruck passte zu keiner Datenbank.

„Kommen Sie Herr Kaiser, Budapest ist für uns verbrannt. Keine Infos mehr möglich, lassen Sie uns Richtung Süden fahren."

Mir war das nicht so lieb, es schneite immer stärker. Wer weiß, wie die Autobahnen aussehen.

Schien meine Kollegin aber nicht zu interessieren und nach zwei Stunden saßen wir im Auto. Ziel war die kleine Ortschaft Mako an der rumänischen Grenze.

Mir war die Situation auf der Autobahn von Anfang an bewusst, kaum ein anderes Auto war unterwegs, der Mietwagen schlitterte eher als dass er fuhr. Die Strecke war spiegelglatt und gefährlich. „Soll ich lieber fahren, Herr Kaiser?"

Na, so weit kommt es noch, den Rest meiner Männlichkeit lasse ich mir nicht mehr wegnehmen. Für eine Strecke, wo man sonst zwei Stunden braucht, in fast sechs Stunden zu schaffen, macht einen mehr als fertig.

Laut unserer Dienststelle sollten wir in einem Motel übernachten auf einem Campingplatz direkt am Fluss Maros.

Da war er wieder dieser Fluss. Er zog sich durch eine unberührte weiße Schneelandschaft mit seinem braunen, schnell fließenden Wasser.

Mein erstes Wiedersehen mit dem Fluss jagte mir einen Schauer über den Rücken. Zeit um rein ins Haus zu gehen, es wurde immer mehr Schnee.

Das Motel hatte nur unseretwegen geöffnet, im Winter verirrte sich kaum ein Tourist hierher. Im Sommer sah das anders aus. Viele Motorrad-Touren durch Rumänien starten hier, viele nutzen es noch einmal als letzten Stopp vor dem Abenteuer, der Überquerung des Fagaras Gebirges.

Bis heute ist die Landschaft wild und rau, nicht zu unterschätzen und vor allem nur mit guter Ausrüstung zu begehen oder befahren.

Die gute Seele des Motels, die Chefin Magdalena, zeigte uns die beiden Zimmer - gemütlich und warm. Die Toilette befand sich auf dem Gang. Na gut, wird schon gehen. Dafür macht sie uns dann immer Frühstück. Na passt doch.

Der Tag war für heute gelaufen. Auf der Fahrt durch den Ort Mako kauften wir noch ein. Die Gaststätten hatten zu, also wird campingmäßig was im Zimmer zubereitet. Würstchen, Senf und Brot geht immer.
Mein Zimmer war etwas geräumiger und so trafen wir uns bei mir. Mit etwas Wein und Bier fühlte es sich gemütlich an, der Tisch stand am Fenster und wir hatten den schönsten Blick in eine Winterwelt, die von Laternen malerisch beleuchtet wurde.

Der Fall war mal wieder einer mit sich hinziehender Wartezeit. Zeit, die ich nicht hatte. Mein Urlaub stand vor der Tür. Sonne, Sand und Meer. Nicht Schnee, Kälte und einen Eisblock als Kollegin.

Sie taute ein wenig auf. Der gute ungarische Wein schien zu helfen. Sie erzählte mir von ihrem Studium in Tel Aviv, der zu frühen Heirat mit einem Israeli und der schnellen Scheidung. Auch sie war passionierter Single. Anders als ich, schien sie aber nicht an schnellem Sex interessiert zu sein.

Da sind mir aber männliche Kollegen lieber, mit denen man mal um die Häuser ziehen kann, mit schmutzigen Witzen und auch mal einem Besuch in gewissen Etablissements.

Am Morgen wurde uns ein tolles Frühstück mit allen möglichen ungarischen Spezialitäten vorgesetzt. Vorraussetzung für einen guten Start in den Tag.

Magdalena erzählte mir eine fast unglaubliche Geschichte. Heute Nacht kamen Wölfe an das Ufer der Maros. Sehr selten, aber der Hunger trieb sie wohl in die Nähe menschlicher Behausungen.

Die Spuren der nächtlichen Besucher waren rund um unseren Mietwagen deutlich im Schnee zu sehen. Große Tatzen, bestimmt vier oder fünf Tiere.

Damals als Kind hatte mir meine Oma in Siebenbürgen öfter mal einen Wolf gezeigt. Weit drin im Wald wohnen sie. Oma nannte sie die Wandler zwischen den Welten, in unserer Welt nicht gemocht, in der Welt der Toten aber zu Hause. Mir war das früher schon gruselig, aber die stolzen und schönen Tiere waren so selten zu sehen, dass ich mich gar nicht satt sehen konnte, wenn mal ein Wolf im Wald auftauchte.

Unsere Fahrt ging zur heimischen Polizei im Ort Mako, diese wurde von unserer Ankunft schon aus Budapest verständigt. Der Tag schien vielversprechend zu werden, der Schneefall war vorüber, stahlblauer Himmel und Sonnenschein. So kann auch der Winter mal sein.

Das Polizeirevier des Örtchens war mehr ein ehemaliger Laden, ein Raum mit Toilette und zwei Schreibtischen, daran zwei prächtige Exemplare von Beamten. Einer so breit wie hoch, der andere hager mit grauer Gesichtsfarbe. Wir stellten uns vor.
Das Thema Zeit scheint hier auch keine Rolle zu spielen. Sie hörten sich unser

Anliegen an. Vom Grab eines Mitrica Schäubener hatten sie noch nichts gehört und die Akten liegen eh im Rathaus. Da ging die Tür auf.

Ein junger, durchtrainierter Mann in Lederjacke stand im Revier und stellte sich als Kommissar Istvan vor. Er wurde uns an die Seite gestellt. Na endlich klappt mal was und er nahm uns mit zum Rathaus. Die Archive waren seit der Zeit des kalten Krieges unverändert in Buchform gelassen, inklusive Staub.

Ein Mitarbeiter suchte uns den Sterbefall Schäubener raus, Mitrica Schäubener, verstorben vor sieben Jahren am dreißigsten November in Budapest. Das Bestattungsunternehmen hatte den Leichnam nach Mako auf den Friedhof gebracht. Warum er nicht in Budapest beigesetzt wurde, enthielt die Akte nicht. Auch waren wohl zum Tag des Begräbnisses nur die Totengräber anwesend, ein einheimischer Priester und eine Frau.

War nicht sehr viel, was uns da die Akten verrieten. Der Priester aber war noch zu finden, seine Kirche war nur eine Straße weiter.

Unser nächster Termin also.

Mir sind vor allem die vielen Kirchen in Ungarn und Rumänien im Gedächtnis geblieben, mit ihren schönen Türmchen. Mal gerade oder fast schon in Zwiebelform. Innen meist wahre Schmuckstücke.

Doch diese Kirche war ganz anders. Eher die Form eines preußischen Bauwerkes, akkurat in seinen Formen mit der Eleganz eines englischen Herrenhauses. Als Kirche hätte ich sie nicht einmal wahrgenommen.

Ein recht weltlicher Mann in Jeans und Sakko empfing uns, der hiesige Priester. Er konnte sich aber noch gut an die Beisetzung von vor sieben Jahren erinnern. Kalt war es damals, wie heute auch. Die Totengräber hatten Mühe, ein Grab auszuheben. Der Verstorbene hatte wohl als letzten Wunsch gehabt, hier beigesetzt zu werden und nur eine Verwandte von ihm war bei dem Begräbnis anwesend. In den Kirchenakten war der Fall dokumentiert.

Mitrica Schäubener, geboren im Jahr Neunzehnhundertzehn, verstorben vor sieben Jahren am dreißigsten November.

Wir schauten uns an, der Verstorbene sollte über einhundert Jahre alt geworden sein?

Laut dem Priester hier in Ungarn keine Seltenheit. Das gute Essen und der Palinka Schnaps helfen wohl, ein langes Leben zu erreichen.

Im Archiv fand sich die Sterbeurkunde, mit Angabe der Geburt und der letzten Anschrift. Geboren in Heltau, einem kleinen Ort in Siebenbürgen, nicht weit weg von meinen Orten der Kindheit.

Ein oder zwei Mal war ich als Kind mit meinen Eltern dort durchgefahren. Es waren da nicht mehr als siebzig Häuser und eine Kirche zu sehen. Wozu lässt sich jemand hier beisetzen und nicht im Geburtsort? Mit diesem Ort hier schien er nichts zu tun zu haben.

Noch ein kleiner Hinweis in den Akten der Kirche war merkwürdig: Der Eintrag, der Sarg möge verschlossen bleiben, Abschiednahme am offenen Sarg ist schon in Budapest erfolgt.

Der Priester konnte dies bestätigen.

Aus dem Leichenwagen ging es direkt ins Grab.

Frau David telefonierte schon wieder und gab mir den Hörer weiter. Sie hatte um ein Okay für ein Öffnen des Grabes bei Europol angefragt.

Gleich darauf klingelte mein Telefon, Babsi war dran. „Na Ion alles senkrecht bei dir? Hör zu, die Wohnungen der Vermissten wurden durchsucht. Der olle Politiker Weiß hat getobt vor Wut.

Leider wurde so gar nichts gefunden, keine Antiquitäten oder solche Dinge. Bei Beiden nicht, aber die scheinen trotzdem nicht normal zu sein. In den Wohnungen fanden unsere Leute Bücher über okkulte Sachen, Beschwörungen und solcher Mist. Der Freund von der vermissten Frau Weiß hat sich in Berlin extra Tätowierungen machen lassen, so ein Gothic-Zeugs.

Na kennst die Typen ja, wohnen bei Mutti und lassen sich ein hartes Männerbildchen stechen. Er hat Fotos davon in seinem Zimmer gehabt. Auch scheinen die Beiden beim Sex ziemlich schräg ans Werk gegangen zu sein, Kerzenwachs, Peitsche und so, du verstehst schon. Bilder davon schick ich euch zu.

Die Kripo in Mako scheint ja fit zu sein, die können es euch ausdrucken."

Der Fall schien eine Wendung zu nehmen. Leider war so gar nicht klar, in welche Richtung.
Antiquitäten-Schmuggel scheidet eigentlich aus. Sex ist immer eine Möglichkeit, es gibt perverse Gruppen, die fahren durch halb Europa, um ganz bestimmte Praktiken auszuüben. Aber da passt ein Mieter eines Wohnmobils, mit dem Namen eines toten Hundertjährigen, auch nicht rein.

In Budapest hatte der zuständige Staatsanwalt der Bitte von Europol entsprochen und die Freigabe der Exhumierung des toten Mitrica Schäubener angeordnet.
Wird ja wieder ein toller Tag.
Gammelfleisch gucken, war nicht so mein Hobby, aber Befehl ist Befehl.

Der Friedhof lag außerhalb des Ortes, der Fluss Maros in Sichtweite. Außer Krähen und vier Totengräbern war es hier still und fast schon unheimlich.

Am Rand stand eine kleine Kapelle. Ein traumhafter Ort.

Wenn man noch keine Depressionen hat, sollte man sich hierher auf den Weg machen.

Alles war tief verschneit. Wie sollte man denn hier überhaupt ein Grab finden? Die Totengräber waren da schneller und wussten Bescheid. Zuerst mit der Schaufel den Schnee großflächig beseitigen, dann ging es an den harten Boden.

Mich hatte schon der mitgebrachte Kanister gewundert, aber hier schien das Wort Umweltverschmutzung noch nicht angekommen zu sein. Benzin wurde ausgeschüttet und angezündet, Boden antauen auf die harte Art. Weder Polizei noch Priester schien das zu stören. Mit Spitzhacken und Spaten ging es dann in die Tiefe.

Wir schauten lieber aus dem Auto heraus zu, Heizung an und warten.

Der verbrannte Geruch in der Luft schien eine Menge Krähen aus der Umgebung anzulocken, die Biester waren schon so frech und pickten auf dem Autodach herum.

Es dauerte lange, bis das Zeichen kam, Sarg gefunden.

So ein Anblick ist nichts für schwache Nerven, meist ist nach sieben Jahren noch nicht alles im Grab verwest und der Geruch dazu dreht einem den Magen um.

An Seilen wurde der Sarg aus der Erde geholt. Verschmutzt von Erde kam ein recht großer Eichensarg zum Vorschein, geschnitzte Seiten mit Palmwedeln und Kreuzen.

Mist, wir hatten was vergessen! Jetzt fiel es mir ein. Der Verstorbene wohnte im jüdischen Viertel. Somit war er wahrscheinlich auch Jude. Was machte er dann in einem christlichen Grab?

Das schien sich auch gerade meine Kollegin zu fragen, als der Sargdeckel recht unsanft mit einem Brecheisen geöffnet wurde und bis heute höre ich noch den Hund, der wie ein Wolf heulte, oder war es ein Wolf?

Der Deckel wurde abgehoben und der Leichnam war zu sehen, der Priester bekreuzigte sich und alle traten einen Schritt zurück. Der Geruch war immens, das Bild des Toten will ich mal polizeilich wiedergeben.

Leichnam, etwa ein Meter siebzig groß, mit einem grauen Anzug bekleidet, die Haare grau, Verwesungsspuren im Gesicht und an den Händen. Trotz der Liegezeit noch gut erhalten.

Schwarze Schuhe und schwarze Socken. Der Sargausschlag innen in weiß gehalten, keine Zudecke wie eigentlich üblich, nur ein Kopfkissen.

An der rechten Hand trug er einen dünnen Ehering, der sich schon in das etwas aufgedunsene Fingerfleisch drückte.

Am unteren Ende des Sarges lag eine kleine Tasche.

Ein Auto hielt am Friedhof, der angeforderte Pathologe aus der nächsten Kreisstadt Szeged war eingetroffen.

Er grüßte höflich in die Runde und begann den Leichnam optisch zu untersuchen. Mit Gummihandschuhen begann er die Leiche zu drehen.

Frau David nahm sich ein paar Gummihandschuhe und nahm die kleine Tasche aus dem Sarg. Leder, schwarz und mit einem Druckknopf verschlossen, edel gearbeitet, so schien mir. Das Innere der Tasche war mit rotem Stoff ausgeschlagen. Ein Stück Papier, ganz ordentlich zusammengefaltet, kam zum Vorschein.

„Herr Kaiser, schauen Sie mal, das kann ich nicht lesen", und gab es mir herüber. Mir wurden Gummihandschuhe gereicht und ich begann zu lesen.

„Das sind alte Gedichte und kirchliche Gebete zum Andreastag."

Der Priester sah es sich auch an, stimmte mir zu, fand aber, die Machart deute auf ein sehr altes Schriftstück hin. Ich machte ein paar Fotos mit dem Handy und legte alles zurück.

Ein weiteres Auto hielt am Friedhof und ein Mann mit Tasche steuerte auf uns zu. Ein Gerichtsmediziner aus Szeged. Eine komische Erscheinung, groß und bleich wie eine frisch gestrichene Wand. Der Gerichtsmediziner kam auf uns zu, um uns seine Sicht der Dinge mitzuteilen. „Also, der Körper ist in einem sehr guten Zustand nach all den Jahren, der Verwesungsprozess hat zwar eingesetzt, aber es fehlten wahrscheinlich die Voraussetzungen einer schnellen Zersetzung. Der Boden ist sehr lehmhaltig, auch das wird die Verwesung gebremst haben. Ansonsten ist nur zu sagen, der Tote wurde so bestattet, wie es eigentlich nicht mehr sein sollte. In seinem Mund befindet sich ein Stein, auch sein Herz hat man ihm post mortem entfernt.

Alles deutet auf die alten Begräbnisrituale hier in der Gegend hin. Die Menschen sind abergläubisch und wissen es nicht besser. Sie haben halt Angst vor Widergängern."

Davon hatte ich schon oft gehört, mein Opa soll auch einer gewesen sein. Die alten Dorfleute und meine Oma waren sich da einig.

Er war eigentlich nicht mein richtiger Opa, nur der nächste Mann, nachdem ihr Mann im Krieg gefallen war. Also mein Stiefopa kam aus dem Gebirge nicht wieder, kurz nach der Hochzeit mit meiner Oma.

Mein Vater hatte ihn nie kennengelernt. Er war noch zu klein, um sich zu erinnern. Oft hatte mir Vater von den alten Geschichten erzählt. Opa starb irgendwo im Gebirge, seine Seele fand keine Ruhe und besuchte seine Lieben im Dorf immer wieder.

Daran glauben viele Dorfbewohner bis heute, tief ist die Angst vor Wiederkehrern, den sogenannten Strigoi. Deshalb lassen die Angehörigen auch noch heutzutage, in den Zeiten von Internet und Computern, ihren verstorbenen Angehörigen das Herz herausschneiden, es an einer Wegkreuzung über Buchenholz verbrennen und die Asche in Wasser aufgelöst trinken. Auch ein Stein im Mund soll den Widergänger bändigen.

Schöne Schauergeschichten!

Der Mediziner kam noch einmal zu uns. „Was wollten Sie denn finden? Lassen Sie die Menschen hier in Ruhe und verurteilen Sie uns nicht. Die Angehörigen dieses Verstorbenen meinten es nur gut mit ihm."

Diese Aussage eines Mediziners war seltsam und meine Kollegin fragte noch etwas.

„Er ist doch aber an Altersschwäche gestorben?"

Der Gerichtsmediziner drehte sich um und sagte: „Gute Frau, mit Mitte fünfzig stirbt man noch nicht an Altersschwäche, oder?"

Das war nicht die Antwort, die wir hören wollten. Es schien so, als lag im Sarg nicht die Leiche des Herrn Schäubener. Doch auch auf erneute Nachfrage bestätigte er uns, es handele sich um einen Mann nicht älter als sechzig.

Auch das noch. Nun musste die Leiche beschlagnahmt werden, die Polizei hatte sich per Telefon schon darum gekümmert.

Vor dem Friedhof war eine lebhafte Diskussion über das Gesehene und Gehörte ausgebrochen.

Was dann geschah, damit hatte niemand gerechnet.

Die wartenden Krähen und Raben machten sich über den offenen Sarg her. Einem Totengräber fiel es zuerst auf. In Scharen stürzten sie sich auf das verwesende Fleisch und rissen große Stücke heraus.

Ich schnappte mir einen Spaten und rannte Richtung Sarg. Die Biester waren durch die Kälte und den Schnee ausgehungert ohne Ende. Mit dem Spaten schlug ich um mich. Die Vögel waren wie von Sinnen. Es gab Fleisch im Überfluss, der Geruch der Verwesung muss sie um den Verstand gebracht haben. Neben mir knallten drei Schüsse. Meine Kollegin stand mit der Waffe in der Hand neben mir.

„So macht man das!"

Na schönen Dank auch, wäre mir bestimmt auch bald noch eingefallen.

Im Sarginneren sah es verheerend aus. Große Teile am Kopf waren weggefressen, von den Händen sah man nichts mehr, kleinere Knochen davon lagen verstreut neben dem Sarg. Selbst der Anzug war zerrissen und einige Fleischstücke wurden aus dem Bauchraum gerissen.

„Egal jetzt, buddeln Sie den wieder ein." Meinte der junge Polizist aus Mako.

Uns war es auch egal.

Die Leiche war bestimmt nicht die von Herrn Schäubener, aber die lokalen Behörden hatten wohl auch kein Interesse an einem neuen Fall.

Uns waren eh die Hände hier gebunden und unsere Intension ging in eine andere Richtung.

Meine Kollegin überlegte kurz und winkte ab. „Na dann ab in die Grube mit ihm."

In unserem Motel angekommen, war mal wieder Campingessen dran, diesmal mit Rosewein.

Wir versuchten noch einmal, alle Fakten zusammenzutragen und wenigstens so eine Art Überblick zu bekommen.

Auf meinem Bett breitete ich eine große Landkarte aus, die uns Ungarn und Rumänien komplett zeigte.

Mir fiel etwas auf: Die Entfernung Luftlinie von Budapest nach Mako und die Entfernung von Mako in den Ort Heltau schienen gleich zu sein.

Mit der Hand malte ich eine Linie auf die Karte Budapest Mako, mit einem leichten Knick ging es von Mako nach Heltau weiter, dann nahm ich mein Handy.

„Wen rufen Sie an?", wollte meine Kollegin wissen. „Einen Kollegen, der sich mit Geopunkten auskennt."

Dieser war auch schnell erreicht. Ich bat ihn, die GPS-Koordinaten des jüdischen Viertels in Budapest mit denen vom Friedhof in Mako und der Mitte des Örtchens Heltau auf Entfernungen oder Anomalien zu untersuchen.

Diese GPS-Punkte sind von den Amerikanern mal auf den Markt gebracht worden, jedes Navigationsgerät arbeitet mit denen, auch jede Lenkrakete der Amerikaner nimmt sie als Zielsuche.

Der Kollege rief kurz danach zurück, die Entfernungen sind identisch, jeweils von Budapest und dem Ort Heltau sind die gleiche Entfernung nach Mako, Luftlinie jedenfalls. Da sich in der Linie ein kleiner Knick befindet, kann man aus dem Muster ein Dreieck machen, also von Heltau eine Linie ziehen bis Budapest direkt. Diese Linie schneidet keinen einzigen Ort auf der Landkarte an, außer einen Ort in der ungarischen Tiefebene Namens Gyula.

Meine Vorahnungen waren es, die mir immer wieder bei den Ermittlungen geholfen hatten. Diesmal war das Bauchgefühl wieder da.

Frau David fand meine These, dort etwas zu finden, mehr als gewagt.

Doch wusste sie von meinen großen Erfolgen wie damals in Irland. Auch da war ich meinem Instinkt gefolgt und hatte einen Serienkiller festnehmen können.

Aber das war schon eine Weile her. Neue, jüngere Kollegen drängen nach und machen einem das Leben schwer.

Aber es muss ja weiter gehen.

Was ich vom Ort Gyula weiß: Albrecht Dürer, der Ältere, wurde dort geboren. Eine alte Burg gibt es dort noch, dann hört es schon wieder auf.
Weit ist es nicht von Mako aus, nachmittags wären wir wieder zurück.

Das kalte aber klare Wetter blieb, die Fahrt nach Gyula war schnell vorbei. Also parkten wir an der Polizeistation und stellten uns vor. Was wir eigentlich wollten, war uns selbst nicht so richtig klar. Einfach mal nach etwas suchen, was uns vielleicht weiterhilft.
In den letzten Jahren gab es keine sonderlichen Ereignisse, die nicht sonst auch auftreten.
In der Bibliothek von Gyula gab es vor zwei Jahren einen Einbruch, diverse wertvolle Bücher sind verschwunden.
Da war er schon, der kleine Hinweis.
Die Bibliothek war gleich um die Ecke. Sehr seltsam, sie sah eher aus wie eine Synagoge, war sie wohl früher auch.
Da es hier keine jüdische Gemeinschaft mehr gibt, wurde das Bauwerk einfach umfunktioniert.

Der Leiter des ganzen Wissens empfing uns in seinem Büro, gab bereitwillig Auskunft über den Diebstahl damals und mir kam das fotografierte Papier vom Friedhof Mako wieder in den Sinn.

Die Fotos waren gut zu sehen, aber ein kurzer Blick reichte dem Mann, fast euphorisch zu werden.

Laut ihm war es eine Seite aus dem Buch der Walachei, eine alte Abbildung von Fersen und mystischen Beschwörungen aus dem sechzehnten Jahrhundert.

Wir sahen uns nur kurz an.

Er wollte natürlich wissen, wo dieses Stück herkommt. In Bukarest liegt noch ein identisches Exemplar im Staatsarchiv. Das wäre eine Sensation, wenn es wieder auftauchen würde.

Diesen Zahn mussten wir ihm ziehen, unter Berufung auf die Schweigepflicht ließen wir ihn in seinem Büro zurück.

An einem Nebeneingang ging es auf einen kleinen Hof, der komplett mit alten jüdischen Grabsteinen gepflastert war. Nicht nur der Umstand, dass man auf Grabsteinen ging, sondern die ganze Atmosphäre hier ließ mich umdrehen und in das Büro des Bibliotheksleiters zurücklaufen. Meine Kollegin folgte mir wortlos und kopfschüttelnd.

„Ich habe noch etwas vergessen. Sagt Ihnen der Name Schäubener etwas?"

Da schien ich ja etwas gesagt zu haben. Er stand auf und winkte mich heran, am Fenster stehend deutete er auf die Mitte des Innenhofes. „Kommen Sie mit."

Zusammen standen wir auf den jüdischen Grabplatten im Innenhof.

„Der Bau war mal eine Synagoge, das wissen Sie ja. Hier war mal der Friedhof. Die Grabplatten wurden in der Zeit des Dritten Reichs umgeworfen. Sämtliche jüdischen Bewohner von Gyula deportiert und die Steine als Pflastersteine umfunktioniert.

Wir stehen hier also auf Gräbern. Schauen Sie hier in der Mitte. Schäubener, Mitrica, er war mal ein reicher Kaufmann hier in Gyula, ist alt geworden, über einhundert Jahre und das schon damals.

Sehen sie, geboren im Jahr Siebzehnhundertachtundachtzig und gestorben über einhundert Jahre später."

Mir lief es eiskalt den Rücken runter.

Also egal, was hier vor geht, jemand scheint mit antiken Identitäten Menschen von heute rumlaufen zu lassen.

Auch von der Grabplatte machte ich Fotos.

Leider gab es keine Aufzeichnungen über die jüdische Bevölkerung in Gyula mehr, alles vernichtet worden.

Die Rückfahrt nach Mako war geprägt von unseren Eindrücken und dem Suchen nach dem Sinn.

Hatte das Verschwinden der Deutschen vielleicht zu tun mit neuen Identitäten, weit weg von Deutschland und dem so mächtigen, politischen Vater der verschwundenen Touristin?

Es ergab keinen Sinn, zu viele Ungereimtheiten in diesem Fall.

Die Zeit ran mir auch noch durch die Finger, der Urlaub war nicht mehr lange hin und noch gar keine Ergebnisse waren greifbar.

An unserem Motel in Mako angekommen, gingen wir uns ein wenig nach der Fahrt die Beine vertreten. Vorbei an ein paar schicken Bungalows, teilweise im Kirchendesign, hin zum Fluss. Dieser lag, wie immer braun gefärbt, in der weißen Winterlandschaft, als mein Handy klingelte.

Am anderen Ende war ein Mann mit rumänischem Akzent. „Ihre Dienststelle hat für Sie bei uns reserviert. Ich wollte nur noch einmal fragen, ob Sie morgen schon ankommen?"

Morgen war ein guter Plan, aber aus dem Augenwinkel sah ich meine Kollegin den Hang Richtung Fluss abstürzen. Ich ließ das Handy fallen und sprintete zum Fluss. Sie war die Böschung herabgefallen und ins eisige Wasser gestürzt.

Ich sprang ohne nachzudenken hinterher, knallte mit Beinen und Ellenbogen auf Steine und wurde sofort vom Sog des Wassers erfasst. Die Sachen zogen sich sofort mit Wasser voll, Arme und Beine waren fast schon taub durch die Kälte. Ich griff immer wieder unter Wasser, versuchte blind einfach zu greifen, was leider nicht da war.

Da tauchte ihre Jacke ganz kurz an der Oberfläche auf, höchstens einen Meter entfernt von mir. Ein Griff und ich hatte sie am Rücken erwischt. Mit letzter Kraft zog ich sie über Wasser. Vor mir tauchte eine umgestürzte Weide auf, durch die Fließgeschwindigkeit knallten wir gegen den Baum.

Das Wasser war nicht tief, aber die Kräfte ließen immer mehr nach, also nutzte ich das Wasser als Schiebehilfe, Hauptsache ihr Kopf geht nicht mehr unter.

Eine gefühlte Ewigkeit dauerte mein Kampf mit dem nassen und schweren Körper meiner Kollegin. Die Sachen waren kaum tragbar, so schwer und voll Wasser waren sie.

Als ich Frau David aus dem Wasser rausgezogen hatte, begann ich mit der gelernten Mund-zu-Mundbeatmung, Herzdruckmassage dazu.

Los atme schon, ich mach hier mit dem Job nicht alleine weiter!

Typisch Frau, hört einem mal wieder nicht zu. Die schwere Jacke ließ ich liegen, meine gleich auch.

Auch wenn meine Beine gleich den Dienst aufgaben, ich muss meine Kollegin ins Zimmer bringen. Weit war es nicht, also zog ich sie hoch und schleppte sie halb schleifend auf dem

Boden ins Motel. Die Treppe hoch war noch einmal ein Gewaltakt.

Als das Zimmer erreicht war und die Wärme darin zu spüren war, kam ich zu Kräften.

Die Sachen müssen aus, raus aus allem, was nass und kalt war. Ich zog zuerst Frau David aus, sie war wirklich eine echte Blondine.

Ihre kalten Arme und Beine versuchte ich, warm zu reiben, grad jetzt fehlt die Dusche im Zimmer richtig. Mist diese Motels.

Mit einem Handtuch rieb ich sie immer wieder trocken, bis ihr Blut wieder zirkulieren konnte, mich dann danach.

Jetzt müssen wir versuchen, uns gegenseitig warm zu halten.

Ich schlüpfte zu ihr unter die Bettdecke und hielt sie dicht umklammert, ganz fest. Rubbelte ein wenig an ihrer Vorderseite, natürlich nur, um sie warm zu bekommen. Es dauerte noch eine ganze Weile, als sich meine Kollegin zu regen begann.

„Bleiben Sie ganz ruhig liegen, Sie sind in den Fluss gefallen und ich habe Sie gerettet."

„Haben Sie mich etwa ausgezogen, Sie Schwein? Was machen Sie in meinem Bett und nehmen Sie ihren Schwanz von mir weg."

Meine Erklärungen kamen prompt. Es war nicht ihr Bett, sondern meins. Entschuldigung, dass man helfen wollte! Erst jetzt merkte sie, wie zickig sie sich hatte. Außerdem hatte ich schon mal eine nackte Frau gesehen, wenn ich auch zugeben muss, dieses Exemplar hatte schon was. Brüste herrlich groß und stehende Nippel, war bestimmt die Kälte. Und untenherum ein Strich in blond rasiert, alles andere war glatt. Schließlich musste ich ja alles trockenreiben, da darf man auch mal einen Blick riskieren.

„Bleiben Sie in meinem Bett, bis Sie wieder warm sind. Ich ziehe mir andere Sachen an und hole den Rest von draußen, mein Handy liegt da irgendwo im Schnee."

Die beiden Jacken und mein Handy hatte ich gefunden, aber noch etwas fand ich, Fußspuren einer dritten Person.

Sie muss hinter einem Bungalow gestanden haben. Hatte sie alles mit angesehen oder meine Kollegin sogar gestoßen?

Im Zimmer zurück berichtete ich ihr von meiner Entdeckung und sie traf zu. Als ich vorhin telefonierte, drehte ich mich kurz weg. Frau David bekam einen Schlag von hinten auf den Rücken und fiel die Böschung herunter in den Fluss.
Die Maros, dieser verfluchte Fluss, meine Oma hatte Recht.

Unsere Dienstwaffen waren beiden nass geworden. Also machte ich mich gleich daran, sie wieder gebrauchsfertig zu bekommen.

Frau David schlief ein und ein Stück ihres nackten Hinterteils schaute heraus. Oh je, was mache ich nur mit dieser angebrochenen Nacht und meiner Unterleibsverspannung in der Hose?
Also säuberte ich die Waffen, packte unsere Sachen auf die Heizung und schaute meiner Vorgesetzten beim Schlafen zu.
Fast vier Stunden schlief sie, als sie aufwachte sagte sie nur: „Vielleicht sollten wir das Sie weglassen, sag

einfach Hannah zu mir. Man, ist mir immer noch kalt. Danke, dass du mich rausgezogen hast. Ich hatte einen Schlag von hinten abbekommen und konnte mich nicht mehr halten."
Also doch! War doch jemand da, der uns hier weghaben wollte und auch nicht vor Mord zurückschreckte.

Mein Handy hatte etwas gelitten, aber war noch zu gebrauchen, das von meiner Kollegin war durch den Badegang im Fluss unbrauchbar.
Aber wenigstens konnte ich die Dienststelle in Deutschland von unserer Misere in Kenntnis setzen, die natürlich wenig erfreut war.
Es müssen endlich Ergebnisse erbracht werden.
Na toll, vom Schreibtisch aus sehr leicht zu sagen, an der Basis sieht es immer anders aus.
Hannah blieb im Bett, mit der zweiten Zudecke aus ihrem Zimmer packte ich sie gut ein. „Bleib heute Nacht in meinem Bett, ich setz mich auf den Sessel und schlafe etwas. Morgen früh gibt es heißen Kaffee von Magdalena. Ich werde mich, wenn es hell ist, mal ein

bisschen umsehen, vielleicht finde ich ja Hinweise oder Spuren."

Hannah drehte sich zu mir um, die Zudecke bis zum Kinn hochgezogen und schaute mich lange an.

„Quatsch, komm ins Bett, hier passen wir beide rein, kannst mich noch ein wenig wärmen. Wir sind doch schließlich alt genug, um uns unter Kontrolle zu haben, oder?"

Eher oder, aber das Angebot wollte ich nicht ablehnen, die Unterhose ließ ich an und schlüpfte mit unter die Bettdecke. Hannah drehte sich um, nahm meine Hand und legte sie auf ihren Bauch. Was für ein Bauch, glatt und durchtrainiert.

„Nun rutsch schon weiter ran, ich beiße nicht." Das wahrscheinlich nicht, aber meine Erektion in der Unterhose war nicht mehr zu verbergen. Sie sagte nichts und sagte nur. „Schlaf gut."

Der Schlaf tat wirklich gut, schön warm eingepackt und kuschelig schliefen wir bis es hell wurde.

Hannah war schon wach, stand aber noch nicht auf, sie hatte sich umgedreht und schaute mir direkt in die Augen.

„Guten Morgen du Schnarchnase, der Wald ist jetzt abgeholzt." Und grinste.

Wie schön sie war, ihre Haare lagen jetzt wild und unordentlich auf dem Kopfkissen, das Strenge aus ihrem Gesicht war damit völlig verschwunden.

Ihre stehenden Brustwarzen stupsten mich immer wieder an, da ruhig zu bleiben, fiel mir so was von schwer.

Und mit einem Mal spürte ich ihre Hand an meinen unteren Regionen. Sie schob mir die Unterhose in die Kniekehlen und befreite meinen im Zaum gehaltenen dicker werdenden Rüpel.

Sie sagte nichts, öffnete ihre Schenkel und zog mich auf sie rauf, mein bestes Stück wurde von ihr sachkundig platziert und ich drang langsam in sie ein.

Was für ein Gefühl. Wir ließen uns Zeit, ich spielte mit ihren Brüsten und verwöhnte uns beide. Küssen jedoch wollte sie mich nicht.

Das Bett sollte mal frisch bezogen werden, es hatte es dringend nötig und so standen wir lieber auf.

Hannah stand vor mir, nackt wie Gott sie schuf und die ersten Sonnenstrahlen spielten in ihrem blonden Haar, engelsgleich, mehr kann ich dazu nicht sagen.

„Ion, das bleibt unter uns, okay? Wenn irgendwelche Geschichten davon nach außen dringen, mach ich dir das Leben zur Hölle.‟

Es stimmt natürlich, Männer prahlen ab und zu mit solchen Geschichten, aber mir war Hannah viel zu wichtig geworden. Sollte es nur ein One-Night-Stand bleiben oder war da mehr möglich?

Der Kaffee zum Frühstück gab uns den notwendigen Elan für den Tag zurück. Das Auto wurde gepackt und wir machten uns gleich auf den Weg Richtung Rumänien.

Die Behörden vor Ort waren über unser Kommen informiert und das Hotel in Hermannstadt, dem heutigen Sibiu, gebucht.

Vorher wollte ich mir die Spuren im Schnee ansehen, es muss ja Hinweise auf den Täter von gestern geben. Gab es auch. Jede Menge Fußspuren, der rechte Fußabdruck schien etwas versetzt zu sein und auf der Fußspitze den

Hauptdruck beim Laufen auszuüben. Auch die Sohlen der Schuhe waren nicht identisch, etwa Schuhgröße fünfundvierzig. Die Spuren folgten keinem Weg, sondern verliefen über eine kleine Wiese in den Wald.

Hannah kam mir nach und meinte bloß: „Lass es, bringt doch nichts mehr."

Doch meine Spürnase wollte weiter und ich bat sie, noch bis zum Wald mitzukommen.

Der Wald war tief verschneit und die Spuren führten direkt ins Unterholz hinein. Um sich hier zu verstecken, ist das ein merkwürdiger Rückzugsweg.

Hannah war mit einem Mal dicht an mir dran. „Schau mal, da hinten, da bewegt sich etwas."

Gleichzeitig zogen wir unsere Waffen und luden sie durch. Ein kleiner Hügel im Wald versperrte noch etwas die Sicht.

Auf dem Hügel war mit einem Mal auch Bewegung. Keine zwanzig Meter von uns entfernt stand ein Wolf, grau, groß und fletschte die Zähne. Aus dieser Entfernung war der muskulöse, große Wolfsrüde gut zu sehen. Ein ungewollter kalter Schauer lief mir den Rücken runter.

„Los Hannah, langsam rückwärts gehen und behalte immer Blickkontakt mit dem Tier. Wenn du dich abwendest, ergreift er seine Chance und springt los. Habe ich damals in Rumänien gelernt."

Wir sicherten uns gegenseitig, als aus dem Unterholz ein Wolf auf uns zu sprang. Ich zog die Waffe hoch und schoss zweimal auf das Tier, das blutend zusammenbrach.

Wir gingen weiter rückwärts aus dem Wald heraus. Erst jetzt schien das Wolfsrudel, die Chance zu erkennen. Bestimmt acht Wölfe jagten in unsere Richtung, wollten aber nicht zu uns, sondern zerfleischten ihren toten Artgenossen. Die Biester müssen richtig ausgehungert sein, ansonsten kommen sie eigentlich nicht in die Nähe von menschlichen Behausungen.

Bis zum Motel war es nicht weit, Magdalena hatte die Schüsse gehört und stand draußen im Hof. Sie berichtete, dass die Wölfe im Winter sogar die Mülltonnen auf Essbares durchsuchen. Seit acht Jahren etwa sind sie zu einer richtigen Plage geworden.

Eine gute Zeit, um sich von hier zu verabschieden.

Magdalena verabschiedete uns noch und es ging los Richtung rumänische Grenze.

Die Grenze ist heutzutage europäisch und offen, normalerweise. Zu dieser Zeit aber steht die ungarische Polizei dort und kontrolliert sämtliche Fahrzeuge, die nach Ungarn einreisen wollten.

Meiner Meinung nach war es aus Sicht eines Polizisten der richtige Weg. Von Ungarn nach Rumänien fährt man einfach langsam an den Grenzposten vorbei.

Kurz nach Grenzübertritt nach Rumänien stoppte uns mit einer Polizeikelle ein Uniformierter. Brav machte er vor der Fahrerseite Männchen und grüßte schneidig. Er erkundigte sich nach uns, wollte wissen, ob wir die Polizei von Europa sind.

Ich glaube ja, so ähnlich jedenfalls.

Nachdem wir uns ausgewiesen hatten, übergab uns der Polizist einen verschlossenen Briefumschlag der rumänischen Staatsanwaltschaft.

Ich öffnete ihn und las ihn mir durch.

„Was steht drin, Ion?" Hannah war

ungeduldig, „Warte mal, ich muss erst zu Ende lesen.

Also, wir werden jetzt von dem Polizeiauto eskortiert und schnellstmöglich in einen kleinen Ort in der Nähe von Hermannstadt gebracht. Dort wurde heute früh eine männliche Leiche gefunden. In der Nähe hat man eine Jacke mit der Brieftasche und dem Personalausweis von Marcel Höffler gefunden. Todesumstände und Zeit sind noch unklar.

Na sehen wir uns das mal an. Vielleicht haben wir den Fahrer vom verschwundenen Wohnmobil schon gefunden. Dann würde nur noch das Mädchen fehlen und wir können wieder nach Hause zurück."

In meiner Phantasie tauchte der sonnige Strand von Ägypten auf, wohlige Wärme auf meiner weißen Winterhaut.

Dann hoffen wir mal auf eine schnell gefundene, weitere Leiche.

Ja ich weiß, es klingt etwas kalt, aber so ist der Alltag eines Polizisten nunmal. Ständig haben wir mit dem Tod zu tun und da kann man die Dinge nicht zu nah an einen ranlassen.

Nur wenn Kinder involviert sind, da habe ich schon gestandene, harte Kerle heulen sehen. Ist bei uns wie bei einem Bestatter, die sehen auch viel und denken nicht zu viel darüber nach.

Das Polizeiauto machte mit Lärm und Blaulicht die Straße für uns frei. Ob Glatteis, Schnee oder freie Bahn, der Mann hielt an seiner Geschwindigkeit fest und fegte mit uns durch die Landschaft. Laut meinen Berechnungen dauert die Fahrt mit normaler Geschwindigkeit fast vier Stunden, er schaffte es trotz Tanken zwischendurch eine Stunde schneller.
Ist mir ein Rätsel, wie man so lange mit Sirene fahren kann ohne selber taub zu werden, aber gut gelaunt lieferte er uns in einem Ort Namens Saliste ab.
Früher schien hier mal mehr los gewesen zu sein. Alles war heruntergekommen und sah aus, als wäre die Zeit hier seit der Wende stehen geblieben.
Selbst die Fahrzeuge der Menschen hier stammten noch aus der vergangenen Zeit. Lada, Wartburg, Dacia und Trabant gab es hier ohne Ende, bei uns in Deutschland wären die schon längst von

der Oldtimerszene als Schätzchen ver-
einnahmt worden.

Ein graues hässliches Gebäude stand im
Zentrum des Ortes und an der Außen-
fassade waren noch die ehemaligen
Befestigungen der damals allgegen-
wärtigen Politbanner zu sehen.
Laut Schild an der Außentür war der Bau
die komplette Verwaltung, Polizei,
Rathaus, Arzt und Apotheke.
Hier spart man auf jeden Fall lange
Wege.

Uns kam ein Mann mit grauer Jacke und
russisch anmutender Mütze entgegen
und streckte uns die Hände entgegen. Er
war der Bürgermeister, der sich so was
von freute, uns zu sehen. Europapolizei
in seinem Ort, es war ihm eine Ehre.

Seine Miene verdunkelte sich, als ich ihn
nach der Leiche fragte.
Er meinte nur, so etwas gab es hier noch
nie, dann auch noch ein Ausländer.
Bestimmt waren das Mafialeute aus
anderen Ländern, hier tut so etwas
keiner.
Da war ich anderer Meinung.

Der ehemalige, rumänische Geheim-
dienst Securitate war hier in der Zeit der
Wende und des Umsturzes sehr aktiv
und durch seine Brutalität machte er
weltweit Schlagzeilen. Damals wurden
Menschen einfach so erschossen und in
den Fluss geworfen und viele Leichen
trieben bis nach Ungarn.
Bis heute ist die Wirtschaft des Landes in
den Händen vieler Mächtiger aus dieser
Zeit, aber hier scheint man kein langes
Gedächtnis zu haben. Die Korruption
gedeiht und die einfachen Menschen
haben es schwerer denn je.

Wir wurden in einen Raum geführt, wo
schon einige Menschen warteten. Von
Staatsanwaltschaft bis Gerichtsmediziner
war alles dabei. Uns wurde ein Schnaps
angeboten, den lehnten wir zwar ab,
wurden aber doch genötigt, diesen zu
uns zu nehmen, denn der Anblick der
Leiche war wohl nicht so schön.
Nicht so schön, war gar kein Ausdruck.
Im Nachbarraum auf einem Metalltisch
lag etwas aus Fleisch und Stoff, mehr
war auf den ersten Blick nicht zu
erkennen.

Arme, Beine und der Kopf waren kaum mehr erkennbar, teilweise auf das merkwürdigste verdreht. Egal, wie dieser Mensch zu Tode kam, es muss bestialisch gewesen sein.

Ein Polizist zog es vor, sich noch auf der Schwelle zum Raum zu übergeben.

Wir versuchten, da schon professioneller zu sein.

Hannah ließ sich Gummihandschuhe geben und schaute sich alles genau an und hob immer mal wieder ein Stück Stoff mit einer Pinzette an. Meist klebte der Stoff so fest durch das angetrocknete Blut am Fleisch, dass es ein Geräusch gab, als wenn man einen Klettverschluss öffnete.

Ich wendete mich an den Gerichtsmediziner. „Was haben Sie schon herausgefunden? Ist es der vermisste Deutsche?"

Er überlegte lange und antwortete langsam und bedächtig. „Mein Herr, so etwas habe ich in meiner Laufbahn als Mediziner noch nicht gesehen. Es handelt sich um einen Mann, vielleicht dreißig Jahre alt. Ob es der Deutsche ist, der gesucht wird, kann ich hier nicht feststellen. Das geht nur noch über einen DNA-Test. Der Leiche fehlen alle Merkmale einer Identifizierung. Beide Hände fehlen, der gesamte Ober- und Unterkiefer ist nicht mehr da, die Augen sind entfernt worden.

Die Leiche muss nach Bukarest, hier kann ich nichts sagen."

Ein bisschen wenig Informationen für mich, aber ich bohrte weiter. „Gibt es eine Möglichkeit zu sagen, wie er zu Tode kam?"

Der doch etwas verstörte Mediziner drehte sich zu mir um. „Mein Herr, schauen Sie doch! Dieser armen Seele wurden bestimmt bei vollem Bewusstsein die Hände abgerissen. Das kann nur mit einer Art Werkzeug gemacht worden sein. Hier am Schädel sieht man es auch, der Kiefer ist herausgerissen und es trat dann viel Blut aus."

Er nahm eine Art Zange und legte den Torso der Leiche frei. Reste vom Hemd klebten überall.

Fast schreckte der Mann auf. „Eine Lampe, schnell!"

Er leuchtete den Oberkörper des Toten ab, nahm seine Zange wieder zur Hand und griff in Herzhöhe in das Brustfleisch, es knirschte leicht und er zog einen langen Nagel heraus.

Alle Beteiligten sahen sich an, der Mediziner sagte nur: „Bitte gehen Sie alle hinaus, ich muss mit den deutschen Polizisten alleine sprechen."

Der Nagel landete in einer durchsichtigen Plastiktüte und er sprach weiter.

„Ich habe die anderen herausgebeten, da ich Ihnen etwas zu sagen habe.

Der Körper des Toten wurde gepfählt. Ich weiß, was Sie denken. Dracula und die Vampire.

Nur das hat mit dem hier so gar nichts zu tun. Jemand hat den Mann als Strigoi gepfählt, damit er nicht als Untoter ins Hier und Jetzt zurückkehrt.

Verurteilen Sie die Menschen in unserer Gegend nicht. Viel ist über die Jahrhunderte geschehen, viel hat sich in dem Volksglauben eingebrannt, Erlebtes und Gehörtes. Die Menschen hier haben einfach Angst und wissen es nicht besser. Selbst die Kirche hier hat kein Problem damit, die Art der Stigmatisierung von Toten zu tolerieren.

Anhand meiner Erfahrungen würde ich sagen, dieser Mann starb bei einer Art Ritual. Er war vielleicht ein zufälliges Opfer, oder jemand hat ihn als Sündenbock für etwas gesehen.

In meiner Studienzeit in den achtziger Jahren habe ich mal auf alten Fotos ähnlich schlimm zugerichtete Leichen gesehen, aber nie bei meiner Arbeit.

Ende der sechziger Jahre kam es in einem Bergdorf im Fagaras Gebirge zu mehren Todesfällen. Dieses Dorf hatten Missernten und Krankheiten befallen. Eine ganze Familie wurde damals als Schuldige von der Dorfgemeinschaft benannt. Wenig später wurden vier entsetzlich entstellte Leichen im Gebirge aufgefunden. Es war die Familie, Vater, Mutter und zwei Kinder. Den Mord konnte man damals niemandem nach-weisen. Aber die Krankheiten und die Missernten hörten auf. Ein sicheres Zeichen für die Menschen, den Schuldigen gefunden zu haben.

So sind sich bis heute die Menschen hier sicher, mit der anderen Seite der Dunkelheit ein Abkommen geschlossen zu haben.

Glauben Sie mir, in dieser Landschaft und der alten Kultur gibt es viel, was wir nicht rational erklären können."

Hannah schaute skeptisch. „Das ist doch Blödsinn!"
Ich drehte mich zu ihr um. „Leider nein Hannah. Ich habe durch meine Familiengeschichte so einiges mitbekommen. Meine Großmutter lebte gar nicht weit von hier. Die alten Geschichten werden von Generation zu Generation weitergegeben und entspringen einer Zeit, wo noch nicht alles in Frage gestellt wurde. Viele Dinge waren so, seit alters her.
Ich hatte bloß von den letzen Pfählungen vor sechs Jahren gehört und dachte, es sei ab da vorbei. Hier muss jemand schon ziemlich Angst gehabt haben, um einen Menschen so zuzurichten."

Hannah stand immer noch mit großen Augen da. „Ich glaube es nicht. Worüber unterhalten wir uns. Monster, Vampire oder Werwölfe?"
Ein wenig schwierig zu erklären, aber ich versuchte es mal. „Hannah, geh mal weg von deinen Vampirgeschichten nach Bram Stoker, das war rein literarisch.

Hier aber scheint es einen Menschen zu geben, der glaubte, dass der Verstorbene ihm oder seiner Familie großen Schaden zufügen könne, sei es mit Verwünschungen oder Krankheiten.

Also hat er in seinem Denken das einzig Richtige gemacht und diesen Schaden abgewendet. Damit der Tote auch nicht wiederkommt, wurde er mit einem glühenden Nagel nach dem Tod gepfählt, also der Nagel oder eine glühende Nadel ins Herz getrieben. So kann das Böse nichts mehr ausrichten."

Der Gerichtsmediziner bestätigte meine Aussage, so war es hier schon immer.

Hannah zog aber etwas verächtlich eine Augenbraue hoch und ließ es unkommentiert so stehen.

Der Gerichtsmediziner wollte sich um den Transport der Leiche in die Hauptpathologie nach Bukarest kümmern. Wir waren hier fertig.

Von den Eltern des Verstorbenen in Deutschland musste nun nur noch eine DNA-Probe genommen werden, um die Identität des Toten zu bestätigen.

Fehlte nur noch das Wohnmobil und die Politikertochter. Na wird sich schon wieder alles anfinden.

Unser nächstes Ziel hieß Hermannstadt, das heutige Sibiu. Ein Hotel am Marktplatz sollte uns als Basis dienen.
An der Rezeption empfing uns ein alter Mann in typischer Manier eines Concierge. Ich dankte ihm noch einmal für den Anruf und die Bestätigung unserer Zimmer.
Nur laut seiner Aussage hatte das Hotel nicht einmal unsere Telefonnummern. Was sollte das nun wieder?
War der Anruf vielleicht nur, um mich abzulenken und Hannah in den Fluss stoßen zu können? Aber woher hatte der Anrufer meine Telefonnummer?

Zwei Zimmer mit Blickrichtung auf den Marktplatz waren hübsch eingerichtet. Meine Hoffnung war, dass ein Zimmer reicht, aber Hannah bezog ihr eigenes.
Zum Essen waren wir unten im kleinen Restaurant verabredet. Sie wartete schon auf mich.
„Hab einen Bärenhunger, aber weisst du Ion, so richtig habe ich noch nichts über

dich erfahren. Klar aus deiner Akte etwas, aber mir scheint, du hast noch viele Geheimnisse."

Mag sein, sie ja auch! Von ihr wusste ich eigentlich auch nichts, außer dem Studium in Israel und dass sie dort mal mit einem Mann zusammengelebt hatte.

Wir plauderten den ganzen Abend, mal erzählte sie etwas, mal ich. Sie wurde mir mit der Zeit immer sympathischer.

Selbst mein bevorstehender Urlaub könnte glatt noch warten, falls ich noch die Möglichkeit bekommen sollte, fester mit ihr anzubändeln.

Leider schrillte mein Handy und die romantische Stimmung war dahin.

Die Nachrichten wurden nicht besser. Der Gerichtsmediziner hatte die Abholung der Leiche veranlasst, abgeholt wurde die Leiche noch, doch der Leichenwagen kam auf eisglatter Fahrbahn ins Rutschen und kippte in eine Schlucht. Fahrer und Beifahrer konnten sich retten, aber der Wagen versank samt Leiche in einem Fluss.

Mit dem Blick auf eine Karte an der Wand neben der Rezeption war mir ein wenig wohler, diesmal war es nicht der Fluss Maros. Stimmt, hier hieß er ja

Mures, sondern es war ein Nebenfluss des Gebirgsbaches Namens Alt.
Trotzdem alles merkwürdig, na Hauptsache, sie bergen das Auto aus dem Fluss und wir haben was zum Zurückbringen für die Eltern in Deutschland.

Ein Herr in einem feinen Anzug kam im Restaurant auf uns zu und er stellte sich als Chef der hiesigen Polizei vor. Sein Revier stehe uns voll und ganz zur Verfügung, falls wir Computer oder Ähnliches brauchen.

Gute Idee, aber nicht mehr heute!
Jetzt unter die warme Dusche und ein paar Stunden erholsam schlafen, mehr braucht es jetzt nicht.

Hannah ging in ihr Zimmer und ich unter die Dusche, als es an der Tür klopfte.
Mit dem Handtuch um die Hüfte öffnete ich. „Nanu Hannah, was gibt es?"
„Ich habe es mir anders überlegt", und zog ihren Koffer in mein Zimmer.
„Ich habe entschieden, ein Zimmer reicht doch. Kosten sparen!"

Sie ging an mir vorbei und schien zu grinsen, legte ihren Koffer ab und zog sich aus.

„Na, hast du keine Lust mit mir zu vögeln?" Das Wort Lust war falsch am Platz, ich war eher kurz vor dem platzen, das traf es eher. So schnell hatte ich noch nie mein Handtuch abgelegt.

Sie schubste mich auf das Bett und ich sollte mich auf den Rücken legen und sie nahm die Sache in die Hand. Sie setzte sich auf mich und ritt auf mir herum, ihre Brüste machten mich noch schärfer, als mal wieder mein Telefon klingelte.

Hannah war schneller und ging ran, „Eine Babsi!" Und gab mir das Telefon weiter.

Hannah hatte Vergnügen, mit dem Ritt auf mir weiter zu machen und mir wurde die Luft knapp zum Sprechen.

„Hallo Babsi, was ist los?" Meine leicht abgehackte Sprechweise war eindeutig, Babsi schien die Situation zu erkennen.

„Fickt ihr grad miteinander? Ist ja nicht zu fassen, du alter Windhund. Wenn ich das den Kollegen erzähle." In diesem Moment kam ich, Hannah noch nicht, aber die Geräuschkulisse sagte alles.

„Man Ion, deine Schnecke geht ja ab, ist ja fast wie Telefonsex, geil.

Aber das wollte ich dir gar nicht sagen. Unsere Elektronik-Spezialisten haben den letzen Standort des Handys von der vermissten Frau Weiß festlegen können. Ich schicke ihn dir auf dein Handy."

Da kam Hannah, noch immer auf mir sitzend, mit ein paar lauten Lustschreien und Babsi am anderen Ende der Leitung meinte nur trocken, „Na Tschüß dann und viel Spaß noch. Jetzt muss ich auch erstmal auf die Toilette."

Na, wenn das in der Dienststelle keinen Gesprächsstoff gibt. Babsi war so gar nicht für ihre Verschwiegenheit bekannt, egal was man ihr unter dem Deckmantel der Verschwiegenheit erzählte, es wurde weitergetratscht.

Der Standort des letzten aufge-zeichneten Einloggens vom Handy der Vermissten in das Telefonnetz war etwa dreißig Kilometer von unserem Hotel entfernt.

Morgen Vormittag werden wir uns das mal ansehen, heute Abend blieben wir aber im Bett.

Hannah ließ mich nicht aufstehen und wollte wohl noch etwas mehr sportliche Bettlakenübung.

Am nächsten Tag hieß das Ziel nach dem Frühstück Boisoara, ein Dorf im Fagaras Gebirge.

Meine Aufregung stieg, war ich doch als Kind hier fast schon zu Hause gewesen.

Im Nachbarort wohnte meine Oma. Nach Boisoara ging es öfter mal mit der Kutsche vom alten Nachbarn Giogiu oder zu Fuß durch den Wald.

Ob das Grab meiner Oma noch existiert, nach fast dreißig Jahren? Oder das alte Holzhaus? Bestimmt nicht mehr.

Vater hatte es verkauft, etwas Neues sollte dort entstehen.

Aber schauen möchte ich dort schon.

Die Orte der eigenen Kindheit bleiben für einen irgendwie magisch und hinterlassen eine besondere Atmosphäre.

Auch wenn es mir heute hier alles viel kleiner erscheint, hat es doch den gewissen Charme behalten.

Per Computer hatte ich die Gegend schon oft besucht. Google Earth war meist undeutlich und hatte keine Bilder der Seitenstraße, wo sich das Grundstück meiner Oma befand. Die Sattelitenbilder waren wohl für diese Gegend der Welt nicht so gefragt.

Das Dorf Boisoara war ein typisches, altes Bergdorf in Rumänien, dreißig Häuser weit verstreut. Keine Arbeit für die Jugend und ein hartes Leben für die Dagebliebenen.
Meist nur Hirten und Jäger, ein bisschen Landwirtschaft, denn viele Gehöfte waren Eigenversorger. Zwei bis drei Kühe, Ziegen und Federvieh.
Der Winter war hier eigenartig, teils mit großen Schneemengen aber auch teils mit warmem Wind, einer Art Fön, wie man es in den Alpen vorfindet.
Als Kind hatte ich dieses Wetterphänomen schon gesehen. In Hermannstadt lag Schnee und im Bergdorf war alles grün.

Auch heute hatte es im Gebirge wohl warme Luft gegeben. Draußen war fast der komplette Schnee geschmolzen und Boisoara kam in Sicht.

Wir fuhren langsam in den Ort ein, schauten uns die Gegebenheiten an.

Ein fremdes Auto, noch dazu mit ungarischem Kennzeichen, fällt hier natürlich sofort auf.

Es gibt hier nur eine Straße und an der ließen wir den Wagen stehen und gingen ein wenig zu Fuß. Kein Mensch war auf der Straße zu sehen. Teilweise wurden die Fenster verschlossen, als wir vorbei- liefen.

„Sehr freundlich sind die ja hier nicht", murmelte Hannah.

Ich wusste es mal wieder besser.

Die Menschen hier gehen nicht so leicht auf Fremde zu, es ist eine Art der Zurückhaltung, keine Unfreundlichkeit.

Mein Ziel war ein bestimmtes Grund- stück. Ich wollte mal sehen, ob hier noch jemand wohnt, den ich von früher kenne.

An einem Metalltor blieb ich stehen und klopfte laut an. Drinnen machten sich sofort die Hofhunde bemerkbar. Früher wohnte hier die Familie eines Bekannten. Nicu Dragnea war so alt wie ich, damals der optimale Spielkumpel. Wir zogen in meinen Ferien früher öfter mal durch die Wälder. Er brachte mir auch die Tierwelt des Gebirges näher. Ich als Stadtmensch war da völlig blöd.

Drinnen hörte man Schritte und das Metalltor schwang auf, ein junger Mann grüßte höflich und ich fragte nach Nicu. Er bat uns herein und ich erzählte ihm von unseren damaligen, gemeinsamen Erlebnissen.

Der junge Mann wurde freundlicher und lud uns ein, ins Innere des Hauses zu kommen. Er sei der Sohn von Nicu, erzählte er uns, und lebe jetzt mit seiner Frau hier im Haus.

Als wir uns die Jacken auszogen fiel der Blick des jungen Mannes auf unsere Dienstwaffen. Ich zeigte ihm unsere Ausweise und sagte ihm, dass wir nicht wegen ihm hier wären, sondern dienstlich in der Nähe beschäftigt waren.

Im Haus war es still, dunkel und es roch muffig. Typisch für die alten Häuser hier. Erinnerungen kamen bei mir hoch, so ähnlich roch es auch bei meiner Oma im Haus.

Eine junge Frau kam aus dem Nachbarzimmer und begrüßte uns und machte schon mal Kaffee und Tee.

Ja so kannte ich die Gastfreundschaft der Rumänen, es hatte sich Gott sei Dank nichts daran geändert.

Der junge Mann hieß Liviu. Ich glaube, das war auch der Name seines Großvaters.

Wo denn sein Vater sei, wollte ich wissen und Liviu wurde ruhiger.

Sie haben ihn im Gebirge gefunden, wahrscheinlich war er bei Regen von einem Felsvorsprung abgerutscht.

Aber so wie er von seinem Vater sprach, schien dieser nicht gestorben zu sein und ich bohrte weiter.

Seine Antwort war nur: „Wir kümmern uns um ihn."

Die Frau von Liviu brachte Kaffee, Tee und Gebäck.

„Kann ich Nicu sehen? Ist er im Haus?"

Beide sahen sich an und die Frau von Liviu nickte, stand dann auf und machte die Tür zum Nachbarzimmer auf. Drinnen stand ein Bett, die Vorhänge waren zugezogen und es roch nach allem, was menschliche Ausscheidungen so hergeben.

Im Bett lag ein Mann, sein Gesicht entstellt und ohne Zähne, nur seine Augen bewegten sich.

Liviu erklärte uns, sein Vater sei gelähmt, könne weder Arme noch Beine bewegen und nur mit den Augen kommunizieren. Hören und verstehen könne er.

Meinen alten Freund so daliegen zu sehen, tat weh. Waren wir doch gleich alt, aber so sah er aus wie fast siebzig Jahre mit ergrautem Haar und gelblicher Gesichtsfarbe.

Ich sprach ihn an, sagte ihm, wer ich war und streichelte seine Hand.

Seine Augen sprachen Bände und füllten sich mit Tränen. Mir war klar, hier musste etwas passieren, irgendwie musste ich hier helfen.

Viele Freunde hatte ich im Leben nicht gehabt, er aber war so eine Art Seelenverwandter von mir und es tat mir weh, als wir nach dem Tod meiner Oma nicht mehr nach Rumänien kamen. Danach hatte ich ihn nicht mehr wiedergesehen, ein paar Briefe mal hin und her aber mehr nicht.

Sein Sohn bekam vom Staat etwas Arbeitslosenhilfe und seine Frau putzte in der Schule im Nachbarort für ein paar Stunden. Ein wenig verkaufter Honig und Milch, mehr kam an Einnahmen nicht rein.

Hannah sah mich an, nickte kurz, schien meine Gedanken zu lesen und bat um mein Telefon. Sie ging nach draußen und ich blieb mit Nicu allein.

Seine Verletzungen waren verheilt, doch die Narben sahen scheußlich aus. Eine Hand war völlig ohne Verletzungen geblieben doch an der anderen Hand fehlten alle Finger. Die Haut war schon lange wieder über der Wunde geheilt, doch sah man deutlich die gesplitterten Knochenstümpfe.

Ich rief seinen Sohn zu mir. Angeblich hatten ihn Bergbauern im August vor sieben Jahren neben einem Abhang gefunden. Vorher hatte es im Gebirge stark geregnet und alle gingen davon aus, Nicu sei den Abhang herunter-gefallen. Das glatte Gestein ist tückisch, wenn es nass ist. Einige Finger waren ihm beim Sturz abgerissen worden, aber man fand weder diese noch seine Schafherde mit zweiundzwanzig Tieren. Sie blieb spurlos verschwunden. Nur der

Hund blieb an seiner Seite und bellte und bellte. So hatte man ihn dann gefunden.
Für einen Krankenhausaufenthalt fehlte das Geld, also kümmerte sich sein Sohn um ihn.

Hannah kam herein und sagte leise. „Habe mal was organisiert. Krankenbett, einen Maler für das Zimmer und einen Arzt. Kommt alles in den nächsten Tagen." Dankbar sah ich sie an und wusste es, sie ist ein Engel!

Sein Sohn war mehr als überrascht und etwas peinlich berührt.
Ich wollte aber auch was von Liviu.
„Hör zu, wir helfen euch und du uns, okay! Vor einiger Zeit muss hier wahrscheinlich ein deutsches Wohnmobil im Ort gestanden haben oder Deutsche, die sich hier umgeschaut haben. Geh zu den Leuten im Dorf und frag nach, wer etwas gesehen hat.
Du kennst dich hier aus und dir vertrauen die Leute. Wenn wir fragen, machen sie dicht. Ich weiß noch genau, wie es damals immer hieß:
Mit Fremden redet man nicht."

Liviu schnappte sich seine Jacke und lief los. Ich musste noch mal zu Nicu ins Zimmer. Die Tür machte ich zu und Hannah beschäftigte Livius Frau.

„Nicu ich weiß, du kannst mich verstehen. Blinzle einmal mit den Augen für JA und zweimal für NEIN. Ich glaube nicht, dass du im Gebirge abgestürzt bist. Habe ich recht?" Einmal geblinzelt für JA!

„Hat dich dort im Gebirge jemand angegriffen?" Wieder kam ein JA!

Deine Schafherde wurde nicht gefunden, wurde sie von diesem jemand mitgenommen?" Diesmal ein NEIN.

Merkwürdig, die Antwort hatte ich nicht erwartet.

„Sind deine Schafe damals umgekommen?" JA!

„War es jemand, den du kanntest, der dich überfallen hatte?" JA!

„War er hier aus deinem Dorf?" NEIN!

„Ein Mann?" NEIN!

„Wölfe?" NEIN!

„War es aber ein Mensch?" JA und NEIN!

Das verstand ich nicht. Er kannte ihn und doch war es kein Mensch?

Die Augen von Nicu schauten immer wieder auf die rechte Seite. Was wollte er mir sagen? Da stand nur eine alte kleine Kommode.

„Soll ich die für dich öffnen?" JA!

Es lag kaum etwas in dieser Kommode drin, eine Haarbürste, ein paar Handtücher und eine Schachtel mit alten Fotos. Ich zählte ihm die Sachen auf. Bei den Fotos kam ein JA!

Die Fotos aus vergangenen Tagen, viele noch in schwarz-weiß und teilweise vergilbt. Ich zeigte sie ihm der Reihe nach, bei einem Foto kam ein geblinzeltes JA!

Auf dem Foto war ein alter Mann zu sehen, mit Hut und langem Wanderstock in der rechten Hand. Er stand auf einer Wiese mit einem Bergmassiv im Hintergrund.

„War es dieser Mann, der dich überfallen hat?" JA, JA!

Seine Augen schienen in Panik zu verfallen. „Bleib ruhig Nicu, ich muss erstmal rausfinden, wer das ist. Du bist dir da ganz sicher? Der Typ hatte dich überfallen? Ja! Aber wo zum Geier sind die Schafe geblieben? Bei so vielen

Tieren muss doch wenigstens mal eins wieder aufgetaucht sein?"

Der Sohn von Nicu kam nach etwa einer Stunde mit guten Nachrichten zurück. Das Wohnmobil war hier, die Deutschen haben sich nach einem Mann erkundigt und sind weitergefahren.
„Nach welchem Mann?"
Liviu war etwas außer Atem.
„Nach Onkel Costi, er wohnt oben im Wald."
Das klang mal wieder verdächtig. Warum suchen Touristen aus Berlin einen Menschen, der im Wald wohnt? Liviu sah an mir herunter auf das Foto, „Da hast du doch Onkel Costi schon, der alte Costi aus dem Wald oben."
Hannah ging mal wieder telefonieren, ich quetsche Liviu aus.
„Costi lebt schon immer oben im Wald, er ist menschenscheu und kommt selten ins Dorf. Der Priester war mal oben und wollte ihn mal zur Kirche einladen, da hat Costi ihn verprügelt."
Nicht viele Informationen, angeblich hatte Costi mal eine Frau, aber die war wohl schon lange tot. Liviu hatte das nur

mal aus alten Geschichten gehört, er wäre sogar mal verheiratet gewesen.

Vor einem Jahr ungefähr hatte er Costi im Wald getroffen, aber außer einem Gruß war kein Gespräch mit ihm möglich.

Auch wovon er da oben lebte, wusste er nicht.

Hannah kam zurück und hatte Neuigkeiten: „Verstärkung ist angefordert, plus einem Hubschrauber, die Polizei geht auf Nummer sicher. Nach dem Fund der Leiche sind die alle etwas aufgeschreckt. Die Leiche aus dem verunfallten Leichenwagen wurde übrigens nicht gefunden, hab gerade die Mitteilung bekommen."

Wir warteten vor dem Grundstück und das halbe Dorf war auf den Füßen, um die Polizei aus Deutschland zu sehen.

Als es laut wurde am Himmel, traf der Hubschrauber ein, landete auf einem Feld und der Pilot und ein Polizist kamen auf uns zu.

„Guten Tag, Herr Kaiser, Frau David, mein Name ist Hauptkommissar Illiescu, ich bin Ihre Verstärkung.

Wo soll es denn hingehen und mit welcher Gegenwehr ist zu rechnen?"

Gute Frage, nächste Frage, aber das konnte ich ihm nicht beantworten.
Liviu zeigte uns auf der Karte, wo sich die Berghütte von Onkel Costi befand, fast eintausendvierhundert Meter hoch. Da ist Bergsteigen angesagt. Im Dorf trafen noch drei Polizeiwagen ein. Alles schwere Geländewagen, die es einfacher machten, in die Berge zu gelangen. Der Hubschrauber blieb erst einmal vor Ort, notfalls konnte er angefordert werden.
Hannah und ich wurden im ersten Wagen mitgenommen, der Hauptkommissar fuhr im letzten mit.
Schon nach ein paar Metern war der Asphalt zu Ende und es ging Offroad weiter, langsam natürlich, denn überall lagen Steine herum.
Nach einer Stunde änderte sich auch noch das Wetter, aus dem Hochgebirge kam Nebel auf uns zu und lag schwer in der Landschaft.
„Na toll, das war es jetzt mit dem Hubschrauber, der kann nur auf Sicht fliegen."

Aus dem Waldweg wurde nur noch ein geahnter Weg an einer Kante zu einem Gebirgsbach hin.

Die Schüttelei macht einen fertig, da wird einem auch noch der letzte Zahn lose. Der Geländewagen musste mit einem Mal stark hinter einer Kurve bremsen, vor uns stand ein Wohnmobil mit Berliner Kennzeichen. Die Polizisten sprangen aus den Fahrzeugen, Kommandos wurden gebrüllt und sie näherten sich in Formation mit gezogenen Waffen dem Camper.

Vorn schrie jemand „Gesichert!"

Wir schauten uns mal um. Die Scheiben waren von innen merkwürdig beschlagen und ließen keinen Blick zu. Die Türen waren alle verschlossen, aber keine Menschenseele weit und breit.

Vom Hauptkommissar kam der Befehl „Aufbrechen!"

Scheinbar hatte der normale, rumänische Polizist ein Stemmeisen dabei, das sollte einem zu denken geben.

Mit einem hässlichen Knack öffnete sich die Plastiktür.

Aus dem Inneren des Wohnmobils stieg uns ein ekliger, kalter Geruch entgegen. Angewidert schauten wir hinein.

Scheinbar war der Ort des Mordes an unserem Vermissten gefunden worden. Alles im Fahrzeug sah aus wie mit Blut lackiert, auf dem Boden lagen zerfetzte Knochenteile und Zähne herum.

Trotzdem sah es nicht nach zwei Toten aus, der ganze Matsch da drin war nur von einem Menschen.

Per Funk forderte der Hauptkommissar noch mehr Verstärkung an, das Wohnmobil musste aus den Bergen raus, hier konnte keiner eine genaue Untersuchung starten.

Der Hauptkommissar zog sich einen weißen Ganzkörperanzug an, so wie es die Forensiker tun, trat ins Innere des Fahrzeuges und suchte mit einer Taschenlampe etwas Verwertbares.

Keine persönlichen Sachen waren im Auto zu finden, kein Geschirr, keine Vorräte. Nur noch drei Bücher.

Die Bücher brachte er mit nach draußen und legte sie auf die Motorhaube eines Geländewagens. Die Titel waren so voller Blut, das man erst nach dem Aufschlagen die Titel auf der ersten Seite lesen konnte:

„Wesen im Dunklen, Schattenwesen und Andreasnacht."

Also eher Lektüre für richtig Durch-
geknallte.
Mystisches in den Wäldern von Trans-
silvanien!
Na, mehr musste ich nicht wissen.
Unsere Vermissten waren wohl auf dem
Grufti- und Gothic-Trip. Trotzdem
scheint hier jemand die Sache in die
Wirklichkeit umgesetzt zu haben.
Oberstes Ziel jetzt: Die Frau finden und
wenn es geht noch lebend.

Die Polizisten nahmen sich Rucksäcke
aus den Geländewagen und machten
sich bereit für den Fußmarsch, denn die
Berghütte von Onkel Costi war noch
etwa zwei, drei Kilometer entfernt und
nicht mit Fahrzeugen erreichbar.

Hauptkommissar Illiescu war ständig am
Funk und kam nach einer Weile zu uns.
„Also, einen Onkel Costi, wahrscheinlich
Costa mit Vornamen, kennt kein
Computer von uns. Heißt aber nichts,
gerade die älteren Leute im Gebirge
wurden nie registriert. Geboren im
Gebirge, dort aufgewachsen und
teilweise damals nicht mal eine Schule
besucht.

Hat die Kommunisten damals in Bukarest nicht interessiert und vor dem zweiten Weltkrieg, als es hier noch einen König gab, schon gar nicht.

Ich habe trotzdem darum gebeten, alle Costis und Costas in einem Umkreis von einhundert Kilometern zu überprüfen. Die Zentrale meldet sich später.

Bloß mit dem Wetter müssen wir aufpassen, der Nebel wird dichter und es wird kälter. Wenn wir Pech haben, fängt es noch an zu schneien. Der Wetterwechsel hier im Fagaras Gebirge ist gefährlich.‟

Er trieb seine Leute und uns zur Eile an. Ein paar Kilometer Fußmarsch war ich gewohnt, hoffentlich Hannah auch. Den sportlichen Fitnesslevel hoch zu halten, ist bei uns in der Behörde ziemlich ausgeprägt, Auslandseinsätze und Strapazen gehören dazu.

Hier wurde mein Körper richtig gefordert, die Luft wurde dünner, der Anstieg war steil und jeder Höhenmeter war in den Beinen zu spüren.

Die Polizei von hier schien von Hause aus härter zu sein. Mühelos liefen sie mit gleichbleibender Geschwindigkeit in einer Reihe den Berg hinauf.

Ab und zu drehte sich der Hauptkommissar um und sah nach uns, zurückbleiben in der Gruppe stand nicht auf seinem Plan.

Morgen, glaube ich, sollte mein Urlaub beginnen und übermorgen wollte ich am Roten Meer liegen. Pustekuchen mal wieder, ganz toll!

Nichts Neues bei dem Job!

Oder die Sache erledigt sich heute noch, dann könnten wir über Bukarest pünktlich zu Hause sein.

Aber daran glaubte ich schon selber nicht mehr.

Wie lange wir liefen, weiß ich nicht mehr, gefühlt über Stunden.

Morgen wird sich bestimmt ein herrlicher Muskelkater meine Beine schnappen, da gab es von vorn ein leises Zeichen.

Die Polizisten nahmen die Rucksäcke ab und zogen ihre Waffen. Im Nebeldunst war von meiner Position noch nichts zu sehen, aber die Berghütte schien in Reichweite zu sein. Wir teilten uns kreisförmig auf und gingen gebückt mit der Waffe im Anschlag in Stellung. Der Hauptkommissar gab ein Handzeichen und drei Polizisten stürmten in den Nebel hinein, kurz danach alle Anderen hinterher.

Vor uns tauchte eine sehr alte Holz- und Lehmhütte auf, windschief und mit dem Rücken an eine Felswand gebaut. Nur eine Tür und ein Fenster, mehr als dreißig Quadratmeter maß die Hütte nicht. Davor eine Treppe, bei der schon eine Stufe fehlte.
Das Dach aus Schiefer stand etwas über, so dass man sich auf einen klapprigen Stuhl auf einem Holzabtritt noch hinsetzen konnte.

Das Kommando „Zugriff" kam und die drei Polizisten traten die Tür ein und stürmten ins Haus. Die Polizisten im Außenbereich sicherten die Hütte von vorn und wir machten uns auf den Weg hinein.
Von drinnen kam nur „Sicher!" und wir traten ein. Uns erwartete mal wieder kein schöner Anblick. Auf einem Holztisch lag eine Leiche. Eine junge Frau, die Verwesung hatte bei dem

Körper noch nicht eingesetzt, aber die Totenflecke sprachen Bände.

Ich erkannte unsere Gesuchte, die Tochter des Politikers. Ihr Gesicht hatte ich auf vielen Fotos schon lebendiger gesehen. Der Kopf war merkwürdig weit verdreht.

Hannah zog ein Paar Gummihandschuhe aus ihrer Jacke und fing an, die Tote zu untersuchen.

Der Kopf hatte keine feste Verbindung mehr zur Wirbelsäule, das Genick war gebrochen, auf ihrem Bauch hatte jemand eine Art Blume ins Fleisch geritzt. Da kein Blut austrat, muss es nach ihrem Tod geschehen sein.

Ihre Beine waren weit gespreizt und es sah so aus, als sei sie auch noch sexuell missbraucht worden. An ihren Schenkeln und der Vagina klebte noch eine etwas zähe Flüssigkeit.

„Hannah, was schätzt du, wie lange ist sie schon tot?"

Sie überlegte kurz, „Nicht länger als einen Tag, durch die Kälte hier war die Leiche gut gekühlt, vielleicht auch zwei Tage, aber nicht länger."

Der Hauptkommissar hatte schon per Funk alles an die Basis durchgegeben. Sobald der Nebel weg ist, kommt der Hubschrauber und fliegt die Leiche aus.

Wir hatten also Zeit, uns umzusehen. Hier hatte schon länger keiner mehr gelebt, so schien es wenigstens.
Der Ofen war bestimmt schon ein Jahr lang nicht mehr befeuert worden. Es waren keine persönlichen Sachen zu sehen. Nur leere Büchsen, ein Regal mit Büchern, ein Schrank mit alten Jacken darin.

Wir wurden nach draußen gerufen, ein Polizist hatte wohl etwas entdeckt. Neben der Berghütte, etwa zwanzig Meter entfernt, stand eine Art Stall. Die Polizei hatte die Tür aufgebrochen und mit Taschenlampen ins Innere geleuchtet.
Tierkadaver ohne Ende, Schafe wahrscheinlich, verhungert und verdurstet. War der Schäfer aus dem Gebirge nicht wieder zurückgekommen?
Keiner lässt so viele Schafe hier alleine, die stellen hier schon ein kleines Vermögen dar.

Entweder ist dem Besitzer in den Bergen etwas zugestoßen und er kam nicht zurück oder er wurde schon vorher kaltgestellt, um hier seelenruhig untertauchen zu können.

Aber wer hat dann die Hütte benutzt?

Ich sah mich noch einmal im Raum um. Der Schrank mit den Jacken fiel schon fast selbst in sich zusammen, doch in einer Jackentasche kam ein kleines Buch zum Vorschein. Es sah alt aus und trug aber keinen Titel. Der Einband schien aus Leder zu sein und war schon über die Jahre hart geworden.

Die Vermissten hatten doch ein Buch aus Budapest mit nach Deutschland genommen. Laut Beschreibung könnte es das sein.

Nach dem Aufschlagen las ich alte Texte die teils auf Ungarisch, teils auf Rumänisch gehalten waren, zusammen mit einer alten Malerei um die Schrift. Ich gab es Hannah, um es in einer Plastiktüte sicher als Beweismittel mitnehmen zu können.

„Herr Kaiser!" Der Hauptkommissar, der sich jetzt auch im Haus umsah, schien etwas gefunden zu haben. An der Wand stand eine Holzbank, deren Sitzfläche sich aufklappen ließ. Darin lagen ein grauer alter Anzug und ein Paar Schuhe. Die Schuhe waren einseitig abgelaufen und hatten unterschiedliche Sohlen, aber das Muster kannte ich. Das hatte ich schon in Mako neben dem Motel im Schnee gesehen. Der Schubser, der Hannah fast getötet hatte, war also hier. Na warte, dich kriege ich, mein Freund!

„Alles Eintüten und mitnehmen, muss alles ins Labor."
Die Leiche kam auch in eine etwas größere Plastiktüte, Leichensack trifft es wahrscheinlich eher, und wurde vor der Hütte abgelegt.

Der Nebel verzog sich langsam und gab einen traumhaften Blick auf das Fagaras Gebirge frei.
Mir blieb nachher noch die lästige Pflicht, den Angehörigen in Deutschland per Telefon die schlechte Nachricht überbringen zu müssen. Na ja, später halt.
Was sag ich denen, Raubmord? Oder doch die Wahrheit, Vergewaltigung und Mord? Der Besitzer des Wohnmobils wird sich als Einziger über die Versicherungs-

summe freuen. Das Auto will er bestimmt nicht wiederhaben.

Von Ferne war ein Hubschrauber zu hören. Er landete auf einer Wiese in der Nähe und Polizisten brachten schon mal die Leiche an Bord.
„Möchten Sie auch mitfliegen?", fragte der Hauptkommissar. „Der Hubschrauber kann Sie bei Ihrem Auto in Boisoara absetzen, dann müssen Sie mit uns nicht wieder runter laufen.
Die Leiche wird nach Herrmannstadt in die Pathologie geflogen. Da können wir uns ja morgen treffen und den ganzen Schriftkram fertig machen.
Ach so, da ist noch etwas. Die weggespülte Leiche des Deutschen ist immer noch nicht aufgetaucht, nur der Sarg zur Überführung. Der lag offen am Flussufer, ein Hirte hatte ihn gefunden, leider leer. Der Inhalt wird sich schon wieder anfinden. Wenn so etwas angespült wird, erfahren wir es."

Gar nicht gut, nur mit einer Leiche nach Deutschland zurück zu kommen.
Aber vielleicht gibt es morgen schon Neuigkeiten. Wir verabschiedeten uns

von den Polizisten und machten uns auf den Rückflug zu unserem Auto.

Der Hubschrauber ließ wieder das ganze Dorf in Aufregung kommen, so viel war hier seit Jahrzehnten nicht mehr los gewesen. Nachdem er uns abgesetzt hatte, flog er aber gleich wieder los.

Der Sohn von Nicu stand an der Straße und schien auf uns zu warten.

„Habt ihr etwas gefunden?", fragte er. Wir erzählten ihm, was dort passiert sein musste und dass dort kein Onkel Costi zu finden wäre.

Costi konnte ja nicht oben in den Bergen sein, meinte er. Vor etwa zwei Stunden war er hier im Dorf, hatte etwas mit dem Priester beredet und sei wieder gegangen.

Ich schnappte mir Liviu und zerrte ihn mit zum Dorfpriester, einem Mann in Priestergewand, der schon von weitem nach Alkohol und Urin stank. Diese ungepflegte Erscheinung ist eine Zumutung für die Kirche.

Er erzählte uns auch, dass Onkel Costi bei ihm war. Er dürfe aber nicht darüber reden, kirchliche Schweigepflicht. Da platzte mir der Kragen. Ich zog die

Handschellen aus der Tasche und schnappte mir den Priester. Mit den Händen auf dem Rücken trieb ich ihn durch das Dorf Richtung Auto. Er fluchte wie ein Rohrspatz.

Noch einmal trieb es die Dorfbewohner aus den Häusern. Na ihrer Meinung durften wir keinen Priester festnehmen und die Stimmung auf der Straße heizte sich etwas auf.

Wir brauchten endlich Ergebnisse, da war mir jetzt egal, ob es ein Kirchenmann war oder nicht.

Den Dorfbewohnern machte ich klar, der Priester deckt wahrscheinlich einen Mörder und erst dann wurden sie auf der Straße ruhiger und ließen uns durch.

Am Auto angekommen besann sich der stinkende Priester eines Besseren.

Meine Drohungen, ihn nach Bukarest zur Staatsanwaltschaft zu bringen und die Hoffnung auf eine lange Untersuchungshaftzeit, gepaart mit der Aussage, dass ich als Polizist von Europol hier an gar keine Vorschriften gebunden bin, machten ihn mürbe.

Oder seine Aussicht auf Alkoholverzicht im Gefängnis.

Er plapperte wie ein Wasserfall und ich musste ihn mehrmals ermahnen, langsamer zu sprechen, da ich sonst nichts verstand.

Onkel Costi hatte ihn wohl aufgesucht, um mit ihm eine Taufe durchzusprechen. Das Kind komme im Mai zur Welt, erhält dann einen Namen und soll christlich getauft werden.
Wer die Eltern sind, wollte Costi nicht erzählen, nur dass er alles für sie regeln möchte.

Die Handschellen nahm ich ihm wieder ab. Ich sagte ihm, wenn Costi ihn wieder aufsuchen sollte, müsse er sofort die Polizei anrufen. Er nickte eifrig und zog mit Verwünschungen gegen uns von dannen.

Ich ging noch einmal zu meinem alten Freund Nicu, erzählte ihm, was wir in der Berghütte gefunden hatten und dass Costi zur Fahndung ausgeschrieben wurde.
Ich werde aber, bevor ich nach Deutschland zurück fliege, noch einmal Nicu besuchen.

Unser Abend war heute eher vom zeitigen Schlafengehen geprägt, der Tag war etwas anstrengend für uns gewesen. Vorher informierte ich meine Dienststelle und diese wollte den Eltern die schreckliche Nachricht vom Tod der beiden Vermissten übermitteln. War mir auch ganz lieb so, das ist eine Arbeit, die ich hasse.

Hannah schlief ganz ruhig, ich jedoch wachte nach kurzer Zeit wieder auf und mein Gehirn stand nicht still.
Ich hatte etwas übersehen, da passt etwas nicht zusammen. Jemand will uns fernhalten und hätte es in Mako fast geschafft.
Zwei Leichen, eine sexuell missbraucht, die andere Leiche völlig verstümmelt. Dazu noch die Abgeschiedenheit der Karpaten.
Der Täter hat Hintergrundwissen, das ist kein einfacher Hirte aus den Bergen. Wenn er in Mako war, muss er ein Auto gehabt haben und meine Telefonnummer.
Viele Hinweise, aber es passt so gar nichts zusammen.

Ich stand auf und setzte mich auf einen gemütlichen Sessel, schaltete die Leselampe ein.

Da fiel mir das alte Buch ein. Ich nahm es aus der Tasche von Hannah und befreite es von der Plastiktüte. Darauf war schon eine Nummer als Beweismittelsicherung.

Es fasste sich alt und merkwürdig an, Leder wird richtig hart mit den Jahren. Ich fing an zu blättern und zu lesen. Manches kam mir vertraut vor, alte Weisen aus Siebenbürgen, beim ungarischen Text gab es auch hebräisch gehaltene Texte, die ich nicht verstand, da muss mir Hannah helfen.

Der Einband war auf den Innenseiten mit einer durch Löcher gezogenen dünnen Lederschnur gehalten. Eine Art Buchhülle, um es zu schützen.

Meine Neugier war groß, sollte ich es öffnen, um mir den originalen Buchdeckel anzusehen?

Das war eigentlich die Zerstörung von Kulturgut und Beweismitteln, aber meine innere Stimme meldete sich und gab mir Recht.

Mit einer Nagelschere entfernte ich die dünne Lederschnur und löste das Buch aus seinem Einband. Dieser knackte schon, so hart war er geworden. Ich legte ihn auf den Tisch nebenan unter die Lampe.

Hannah wachte bei meinem Treiben auf. „Was machst du da, bist du wahnsinnig, das ist ein Beweismittel und muss ins Labor!"

War mir alles bewusst, doch selbst Hannah wurde unruhig in diesem Augenblick.

Auf dem Einband war in großen Buchstaben „Cunostinte despre Familia Schäubener", das heißt „Wissen der Familie Schäubener."

Nun wird es interessant, Hannah sah sich die hebräischen Texte im Buch an. Es handele sich um die im Volksglauben genannten Dibbuk, böse Geister, die sich an Menschen klammern. In den Texten wurde der Umgang mit ihnen geregelt und wie mit ihnen verfahren werden muss.

Mir kamen die rumänischen Texte sehr bekannt vor, Großmutter hatte oft von ihnen erzählt und mir aus alten Büchern vorgelesen.

Hannah sah mich mit großen Augen an und zeigte auf die Buchhülle, die auf dem Tisch lag. Von hinten schien Licht durch das alte Leder, es sah aus wie Haut, menschliche Haut. Eine Ecke des Einbandes war scheinbar mal ein Stück einer Brust, der Außenbereich der Brustwarze war noch deutlich zu erkennen.

„Hannah, zieh dich an, wir müssen unbedingt was überprüfen."
Sie war nicht sonderlich begeistert, um diese Uhrzeit noch einmal weg zu fahren.
Noch weniger begeistert war sie, als sie erfuhr, wohin es gehen sollte, zur Pathologie hier in der Stadt.
„Was willst du denn jetzt dort?"
Genau erklären konnte ich ihr das nicht, eine Art Vorahnung oder Eingebung.
Die Leiche des Mädchens wollte ich sehen. Gut, am Tage hätte wahrscheinlich auch gereicht, aber wir waren ja schon mal wach und unruhig.
Hannah hatte den Einband des Buches in einer Plastiktüte mitgenommen, sie wollte es einem Mediziner zeigen, falls um diese Uhrzeit noch einer da war.
Die Pathologie befand sich im städtischen Krankenhaus.

Nachdem wir uns ausgewiesen hatten, nahm uns ein Mitarbeiter mit in den Keller.

Ein Gerichtsmediziner war natürlich nicht da, aber ein älterer, grauhaariger Oberarzt half uns weiter.

Das mitgebrachte Objekt sah er sich zuerst mit der Brille, dann aber unter einem Mikroskop an.

„Wo haben Sie denn so etwas her, das ist menschliche Haut mit einer Mamille.``

Er übersetzte uns das. Ein großes Stück Haut wurde einem Menschen abgenommen oder abgezogen. Die Mamille ist die Brustwarze. Leider ist alles sehr vertrocknet und in keinem guten Zustand.

Da fällt es schwer, eine Bestimmung des Alters zu finden. In Bukarest im Labor vielleicht.

Damals im Krieg gab es angeblich so etwas in den Konzentrationslagern. Da wurde mit menschlicher Haut gearbeitet, vielleicht ist es aus dieser Zeit.

Er schloss uns den Raum zu den Kühlfächern der Pathologie auf.

Wir würden eine Weile brauchen, um uns die Leiche noch einmal anzusehen, also verschwand er wieder. Den Schlüssel sollten wir ihm später auf die Station bringen.

Hannah wusste immer noch nicht, was ich hier wollte.

Ich hatte ja auch so meine Zweifel, zog dann aber an der Tür mit der Aufschrift „Fall Deutschland" und sah mir die junge Frau noch einmal an.

Es hatte sich nichts verändert, die Totenflecken waren deutlich sichtbar und das eingeritzte Bild zeigte sich auch unverändert.

Ich dachte nach und zog an den Türen, die neben dem Kühlfach unserer Verstorbenen waren.

Zwei weitere Leichen kamen zum Vorschein, beide bestimmt über achtzig Jahre alt und eines natürlichen Todes gestorben. Ich schob sie wieder rein.

Ich drehte mich zu Hannah um und fragte sie eine für mich wichtige Frage: „Vertraust du mir, egal was ich jetzt mache?"

Sie sah mich ungläubig an. „Was hast du vor?" Das war natürlich keine Antwort. „Hannah, vertraust du mir?" Sie nickte nur.

„Gut, dann lass mich einfach machen, hinterfrage es nicht und schau nur zu. Wenn du etwas feststellst, das sich an der Leiche verändert, gib mir ein Zeichen." Ihr Blick wurde starr.

Ich ging kurz in den Nebenraum, wo sonst die Obduktionen gemacht werden, kramte in den Schubfächern und wurde fündig. Hannah schaute mich irritiert an. Einen Bunsenbrenner gab es auch. Also entzündete ich ihn mit einem Feuerzeug aus meiner Tasche und nahm eine medizinische Zange und ein Skalpell.

Mit der Zange hielt ich das Skalpell über die Flamme und wartete, bis es an seiner Spitze rotglühend wurde. Ich ging an Hannah mit dem glühenden Skalpell vorbei zur Leiche der jungen Frau. Hannah sagte nur noch, „Bist du noch bei Trost?"

Ich versuchte mich zu konzentrieren.

„Hannah, du sollst bitte genau beobachten."

In diesem Moment drückte ich das Skalpell in die Brust der Toten, genau in Herzhöhe. Es zischte und stank nach verbranntem Fleisch. Mit der Zange drückte ich nach bis nur noch etwa zwei

Zentimeter des Griffes aus der Leiche schauten.

Hannah stand da und hielt sich die Hand vor den Mund.

Ich trat zurück und fragte sie, ob sie etwas beobachtet hätte.

Sie schwieg eine Zeit lang, schaute mich an und ging aus dem Raum.

„Hannah, hast du etwas gesehen?"

Sie stützte sich am Schreibtisch ab, blickte zu mir herüber. „Leider ja."

Ihre Blicke waren fragend. Was sollte ich sagen, dass ich mich jetzt auch an einem Jahrhunderte alten Ritual beteiligt hatte und dass es mit den modernen Normen und dem Selbstverständnis heutiger Tage nicht mehr vereinbar war? Das mag so sein, aber nicht in diesem Gebiet von Europa. Hier haben die alten Bräuche und Rituale noch Bestand und werden nicht angezweifelt.

Hannah meinte nur: „Sieh dir die Farbe der Leiche an. Sie war davor noch ganz rosig mit roten Totenflecken, jetzt wirkt sie grau und leichenblass."

Ich schob die Tote wieder in die Kühlzelle hinein und meinte nur, wir sollten lieber verschwinden, als die Tür

auf ging und der alte Oberarzt hinein-
trat. Er sah sich kurz um, schien das
verbrannte Fleisch in der Luft zu riechen,
nickte nur und sah mich an.

„Sie sprechen nicht nur Rumänisch,
sondern Sie handeln auch so. Na ja,
einer musste es ja machen. Ich habe Sie
hier nicht gesehen."

Er brachte uns noch zum Ausgang und
sah sich draußen um.

„Wenn Sie unser Leben hier verstehen
und es auch akzeptieren, möchte ich
ihnen noch eine Warnung mit auf den
Weg geben. Die Toten reisen schnell in
dieser Zeit vor der Andreasnacht."

Er drehte sich um und ging wieder
hinein.

„Ion, was sollte das jetzt wieder?"
Darauf hatte ich leider auch keine
Antwort parat. „Lass uns ins Hotel
fahren und da wenigstens noch ein
Stündchen schlafen."

Ich war müde und ausgelaugt.

Lange ließ man uns nicht schlafen. Mein
Handy klingelte und die Polizei von
Herrmannstadt war dran. Die Kollegen,

die gestern mit uns auf dem Berg waren, sind noch nicht wieder zurückgekehrt. Es hatte da oben angefangen zu schneien und dann sei der Funkkontakt abgerissen. Zehn Kollegen steckten da oben wohl fest.

Das klang nicht gut. Ich versprach, nach dem Frühstück im Polizeirevier vorbei zu kommen. Hannah war seit der Sache in der Pathologie sehr ruhig und wortkarg mir gegenüber. Sie schien etwas zu bedrücken. Beim Frühstück sah sie mich an und fing an zu erzählen.

„Ion höre zu, ich wurde von der Staatskanzlei nicht ohne Grund als Ermittler an deine Seite gestellt. Ich habe einige Jahre in Israel gearbeitet, sagen wir mal für Papa Staat. Da hatte ich grad in Jerusalem und Umgebung mit allen möglichen, mysteriösen Fällen zu tun.

Der Golem zum Beispiel ist in der Geschichte der Juden ein Wesen aus Lehm, dem mit Auszügen aus der jüdischen Bibel der Thora Leben eingehaucht wird. Heutzutage lehnen wir so ein Gedankengut natürlich als Phantasie ab, belächeln es sogar, aber glaube mir, da ist mehr dran.

Es gab vor fünfhundert Jahren in Prag Vorfälle mit dem Prager Golem, das ist geschichtlich belegt. Dieser tauchte bis zum heutigen Tag immer wieder in der jüdischen Gemeinde auf.

Ich habe diese Vorfälle in einigen Ländern untersucht, da rief mich ein hoher Politiker aus Deutschland an und bat um meine Hilfe. Seine Tochter war verschwunden, war zuletzt liiert mit einem gewissen Marcel Höffler, dieser junge Mann ist ein Enkel eines jüdischen Rabbis in Prag. Er hatte sich wohl schon seit er ein Jugendlicher war, mit der Geschichte des Golem und der Wiederherstellung von ihm befasst. Aus Prag bekam er von einigen Mitgliedern der jüdischen Gemeinschaft auch finanzielle Unterstützung. In seinen persönlichen Sachen fanden sich wohl Anleitungen aus alter Zeit, wie man das Geschöpf des Golem wiederentstehen lassen konnte.

Da du dich in der rumänischen Welt auskennst, kamst auch nur du in Frage. Sie nehmen an, die Beiden wollten sich dort mit jemanden treffen und die alten Rituale ausprobieren.

Ich sollte mit dir zusammen nur die Tochter des Politikers zurückholen und den Freund irgendwo in die Psychiatrie einweisen lassen.

Nun stellt sich aber heraus, dass da mehr dran ist. Da scheint die jüdische Welt an die katholische Welt anzuecken oder man versucht, diese zu vermischen. Jedenfalls die mystische Welt beider Religionen."

Hm, das hätte sie mir aber auch alles früher erzählen können. Natürlich war ich mit den Ritualen hier vertraut. Großmutter hatte mir schon sehr früh Sachen erklärt und mir die Angst vor der Nacht und der Dunkelheit genommen. Alles hier hatte seinen angestammten Platz.

Kirche, Glauben und Mythologie.

Die Menschen hier lebten mit diesen und von diesen Dingen. Keiner würde auf die Idee kommen, dies in Frage zu stellen. In den Städten sah es anders aus. Altes Wissen ging verloren und war für moderne Menschen nicht mehr greifbar. Die Jugend heutzutage in der Stadt weiß kaum noch über alte Bräuche Bescheid.

Meiner Oma aber war es wichtig, mir diese Dinge zu vermitteln. Sie sagte immer, ich möge es an meine Kinder weitergeben.

Tja und genau da klemmt die Säge etwas, keine Frau und keine Kinder.

Wir trafen am späten Vormittag im Polizeirevier ein, zu den Kollegen gab es immer noch keinen Kontakt.

Sobald es aufgehört hat zu schneien, sollte der Hubschrauber wieder in Aktion treten. Wir boten an, mitzufliegen. Auch eine Staffel der rumänischen Gebirgs-jäger aus der Armee wollte uns unterstützen.

Zwei Stunden später kam die Mitteilung, das Wetter hat sich gebessert und ein Flug war möglich. Ein zweiter Hub-schrauber der Armee sollte uns dort treffen.

Auf dem Parkplatz des Polizeireviers holte uns der Pilot von gestern ab. Flugziel war wieder die alte Berghütte in den Bergen.

Ein wundervolles Panorama war heute von oben zu sehen, teilweise war die Fagaras tief verschneit, an anderen

Stellen, wie in Richtung des Dorfes Boisoara, war alles grün.

Das Wetter hier ist schon Wahnsinn, die Menschen hier haben es wirklich mit Extremen zu tun.

Nach einiger Zeit ging der Hubschrauber tiefer und an einer Felswand kam die Berghütte in Sicht. Diesmal allerdings alles im tiefen Schnee versteckt.

Der Hubschrauber wirbelte die Schneeflocken noch einmal extra stark auf. Von den Polizisten war nichts zu sehen.

Als sich das Schneegestöber gelegt hatte, stiegen wir aus und stapften Richtung Hütte. Leer, keiner da. Sicherheitshalber sah ich noch im Stall nach, auch da waren nur die verhungerten toten Tiere zu finden.

Von Ferne war ein Anfluggeräusch eines großen Militärhubschraubers zu hören.

Als er in Sicht kam, sah er aus wie eine fliegende Festung mit Maschinengewehren vorn und Raketenwerfern an der Seite. Er drehte eine Runde über unsere Köpfe und suchte sich einen Landeplatz in der Nähe.

Auch er blies mit den mächtigen Rotorblättern den Schnee beiseite, so dass die grüne Wiese zum Vorschein kam.

Im Schneegestöber sah ich etwas und rannte los. Der Schnee bremste mich und ich winkte mit beiden Armen Richtung landenden Hubschrauber. Dieser stieg wieder etwas auf und landete auf der Nachbarwiese.
Langsam sanken die Schneeflocken auf die Erde und gaben den Blick auf etwas frei, was auf dem Boden lag. Meine Atmung wurde schneller, als ich bei dem Objekt eintraf. Es war mal ein Mensch gewesen, die Polizeiuniform war noch deutlich zu erkennen, aber dieser Mensch war auseinandergerissen worden, nur sein Oberteil war zu sehen. Ab der Hüfte schauten Innereien heraus und alles war mit dem Erdboden zusammengefroren.

Da trafen die ersten Soldaten und Hannah ein.
Ein Offizier kam zu mir und erklärte das ganze Gebiet zum Sperrgebiet, meine Legitimation sei ab jetzt hier zu Ende. Etwas rüde drückte mich ein anderer Soldat beiseite.

Der Militärhubschrauber stieg wieder auf und flog dicht über angrenzendes Gebiet, um den Schnee aufzuwirbeln und um Sicht auf die Wiese zu haben.

Schon von hier aus konnte ich menschliche Überreste feststellen die unter dem Schnee auftauchten, die Polizisten schienen keine Chance gegen den Angreifer gehabt zu haben.
Was konnte nur passiert sein hier?

Gott sei Dank waren wir mit dem Hubschrauber zurück geflogen und waren nicht zu Fuß mit auf dem Rückmarsch, sonst lägen wir bestimmt auch tot unter dem Schnee.

In meinem Kopf hämmerte es, was ist hier los? Ich drehte mich zu Hannah um und sah sie fragend an.

Wir wurden zu unserem Hubschrauber zurück geschickt und sollten dort warten. Ich ging noch einmal in die Berghütte und sah mich dort um. Die Polizei schien alles noch einmal durch-wühlt zu haben. Im Raum war eigentlich nichts mehr zu entdecken, aber gerade bei den alten Häusern gibt es Verstecke. In meiner Zeit in dem Holzhaus von Oma hatte ich einige kennengelernt.

Als ich das erste Mal hier in der Hütte war, hatte ich etwas übersehen, nämlich direkt neben dem Ofen eine kleine Ziegelmauer, die den Ofen abstützte. Diese Ziegel sahen lose aus, ob nun vom Alter her oder gewollt, war noch nicht ganz klar.

Den ersten Ziegel bekam ich leicht aus dem Mauergeflecht herausgezogen und leuchtete mit meinem Handy in die Dunkelheit des sich dahinter auftuenden Hohlraumes.

Hannah stand hinter mir und nahm mir den Ziegel ab. „Hast du was gefunden?" Eigentlich schon, aber ich bekam es nicht aus der Nische heraus, also musste die halbe Mauer weg.

Ein kleiner Koffer aus Holz mit einem Lederriemen tauchte auf, das Holz war rissig und der Lederriemen schon fast gebrochen, so hart war er.

Von draußen kamen schon wieder Geräusche eines Hubschraubers hinein, ein zweiter landete wohl in der Nähe.

Den Koffer legte ich auf den Tisch, auf dem die Leiche der jungen Frau gelegen hatte, und öffnete ihn. Darin lag ein altes, zusammengestopftes Hochzeitskleid, ein vertrockneter kleiner Blumenstrauß, der sich beim Berühren sofort in alle Einzelteile zersetzte, alte Fotos und ein Gesangsbuch aus der Kirche. Ein hübsches Büchlein war es, in schwarz mit einem goldenen Verschluss an der Seite. Zu guter letzt kam ein kleiner goldener Ring zum Vorschein, er war innen im Koffer mit einem roten Band am Holz mit einer Reißzwecke befestigt.

Hannah sah sich das Büchlein an und ich die Fotos. Onkel Costi erkannte ich schon einmal von dem Foto aus dem Haus von meinem Freund Nicu. Die anderen Motive auf den Bildern jagten mir einen Schauer über den Rücken.
Da reichte mir Hannah das geöffnete kleine Gesangsbuch. In alter Schrift war mit Tinte auf die erste Seite geschrieben worden:
„Zur Hochzeit gottesfürchtig getraut im Jahre 1947"
Darunter noch der damalige Besitzer des Gesangsbuches:
„Frieda Hulda Schäubener, geborene Kaiser."

Ich ließ das Foto fallen und mir wurde kurzzeitig etwas schlecht. Hannah hob es auf und fragte mich: „Wer ist das auf dem Foto?" Es dauerte ein wenig, bis ich ihr antworten konnte und reichte ihr auch die anderen Fotos.

„Auf den Bildern ist meine Großmutter zu sehen, als sie jünger war. Da ist auch ihr Holzhaus. Dieser Onkel Costi scheint da neben ihr zu stehen, auch noch in jungen Jahren, aber das kann nicht sein. Meine Oma war scheinbar mit dem Costi verheiratet, aber das haut zeitmäßig nicht hin. Oma ist mit fast achtzig Jahren gestorben, das war 1987.

Wie alt soll der Costi denn sein? Oder ist das sein Sohn? Ich habe keine Ahnung mehr."

Hannah packte wieder alles in den Koffer ein und sah sich den Ring an, der noch an dem Bändchen im Koffer hing.

Sie nahm ihn vom Bändchen und ging nach draußen, um mehr Licht zu haben, kam gleich darauf wieder zurück und gab ihn mir. „Ich glaube, er gehört dir!"

Ich sah mir die kleine gravierte Inschrift auf der Innenseite des Ringes an. „Frieda und Costi."

Sie nahm meine Hand und suchte sich einen Finger, wo er passen könnte. „Das war der Ring einer Frau, zu klein für Männerfinger." Sie schob ihn auf meinen kleinen Finger und dort passte er wie angegossen.

Von draußen kam ein Soldat in die Hütte, er begrüßte uns und erklärte kurz die Lage. Draußen wurden bis jetzt Leichenteile von fünf Körpern gefunden, nach den restlichen Polizisten wird noch gesucht. Unsere Mitarbeit hier vor Ort ist nicht mehr notwendig und wir sollten den Rückweg antreten.
Unsere Befugnisse waren hier erloschen.

Hannah schnappte sich den Koffer und wollte gehen, als der Soldat sie am Arm festhielt. Der Koffer sollte hierbleiben. Gut, nun erlebte er mal Hannah, wenn sie sauer war.
Sie zog ihren Ausweis aus der Tasche und klappte eine andere Seite auf als sonst und wurde laut. Ich durfte übersetzen. „Guter Mann, wenn Sie lesen können, steht hier Interpol! Ich bin international befugt, auch in Absprache mit Ihrer Regierung, hier alles, was mir

beliebt, zu konfiszieren und als Beweis-
mittel mit zu Interpol zu nehmen. Falls
Sie mir dabei im Wege stehen, bekommt
Ihre Witwe bald einen sehr traurigen
Anruf."
Ein wenig grinsen musste ich schon. Der
Soldat machte uns den Weg frei und ließ
uns ziehen.

„Interpol? Wird ja immer besser! Hast
du sonst noch etwas vergessen, mir zu
sagen?"
Eine Antwort bekam ich nicht und hatte
damit auch nicht gerechnet.

Unser Pilot machte den Hubschrauber
klar und es ging zurück Richtung
Herrmannstadt. Dort war es vor dem
Polizeirevier gar nicht mehr so ruhig,
viele Menschen drängten sich vor den
Eingang und wollten Auskünfte haben,
was passiert ist.
Wir sahen junge Frauen und Kinder, die
auf ihre Männer und Väter warteten. Wer
sollte ihnen sagen, dass sie nicht wieder
nach Hause kämen?

Durch die Hintertür traten wir ins Revier
ein. In der Amtsstube standen vier

Männer in Anzügen und wir wurden hinein gebeten.

Sie stellten sich als rumänische Regierungsvertreter vor und einer übernahm das Wort.

„Herr Kaiser, wie wir wissen, haben Sie uns bei den Ermittlungen hier sehr geholfen, aber nun benötigen wir Ihre Hilfe nicht mehr. Wir werden für Sie einen Rückflug nach Deutschland organisieren."

Ich übersetzte Hannah alles und sie holte tief Luft. „Verstehen Sie hier alle Englisch?" Alles nickte und sie fing an. „Meine Herren, wenn Sie denken, dass Sie uns so einfach loswerden können, dann täuschen Sie sich. Ich bin der leitende Ermittler in diesem Fall, von Interpol und der Nato ausdrücklich damit betraut. Auch wenn Sie hier die Platzhirsche sind, nehme ich den Fall aus Ihren Händen. Hiermit erkläre ich den Fall als internationalen Zwischenfall, in denen Bürger eines anderen Landes zu Schaden gekommen sind. Der oder die Täter scheinen auch International tätig zu sein und vielleicht sogar dem internationalen Terrorismus anzugehören. Die Kaltblütigkeit spricht wohl Bände. Ich hoffe, Sie werden mit den internationalen Behörden gut zusammenarbeiten, dann bleibt es auch ruhig in Ihrem schönen Land. Vielen Dank meine Herren."

Das Gezeter im Raum war natürlich groß. Hannah ließ sich mein Handy geben und wählte eine Nummer. Sie sprach auf Hebräisch und gab mir kurz danach das Telefon zurück.

„Meine Herren, ich habe soeben ein Spezialistenteam aus Israel angefordert. Dieses wird in den nächsten Stunden mit einer Sondermaschine aus Tel Aviv in Bukarest eintreffen. Ihre Regierung wird soeben darüber von der UN informiert und wenn Sie mir erzählen wollen, es sind wahrscheinlich nur ganz normale Morde, dann sollten Sie sich schon mal nach einer neuen Arbeit umsehen. Guten Tag, meine Herren."

Sie drehte sich auf dem Absatz um, winkte mir zu und zog mich wieder durch den Hintereingang auf die Straße.

„Du hast doch eben geblufft? Da kommt doch keiner aus Israel." Sie sah nicht nach einem Bluff aus.

„Hör zu Ion, der Fall ist nicht mehr nur mit kriminaltechnischen Mitteln lösbar. Jetzt kommen Spezialisten, mit denen ich schon öfter zu tun hatte. Glaube mir, die werden die Sache innerhalb von kurzer Zeit aufklären. Du darfst auch zusehen." Und zwinkerte mir zu.

Als wir im Auto saßen, klingelte mein Handy. Ein Mann am anderen Ende sprach in einer mir unbekannten Sprache. Ich gab das Telefon weiter, der Anrufer schien Israeli zu sein und Hannah schien ihn zu kennen.

Nach dem Auflegen meinte sie nur, „Mein Exmann kommt auch her." Na super, auf so etwas stehe ich ja. Ich hüpfe mit ihr in die Kiste und der Ex ist gleich in der Nähe.

„Lass uns hier mal zum Rathaus fahren." Hannah schien eine Idee zu haben, also dann dahin.

Rathäuser sind alle irgendwo gleich, Bürokratie ist in allen Ländern dort am sichersten vertreten. Wir gingen zum Standesamt, wiesen uns dort aus und wollten ein paar alte Akten durchsehen. Die Heirats- oder Sterbeurkunden waren hier aber nicht zu finden. Wir seien an der falschen Stelle, das macht hier die Kirche, gleich um die Ecke. Ungewöhnlich, aber gut, so hat jedes Land seine Eigenheiten. Um die Ecke stand die Johanniskirche, ein ehemaliges umgebautes Waisenhaus, etwa zweihundert Jahre alt und evangelisch. Damit hatte ich hier nicht gerechnet.

Ein Pfarrer begrüßte uns und bat uns hinein. Alte Heiratsurkunden waren in dicken Büchern in Leder gebunden und in großen Regalen archiviert. Wir durften uns zur Ansicht dort bedienen. Die Jahre nach dem zweiten Weltkrieg suchten wir nach Hinweisen ab und fanden im Jahr Neunzehnhundertsiebenundvierzig, am Siebenten August eine Heiratsurkunde der kirchlichen Trauung zwischen Frieda Hulda Kaiser und Karl Schäubener. Karl war also der Name und da die Akten noch nie einen Computer gesehen hatten, waren auch keine Zusammenhänge zu finden. Karl und Costi sind wahrscheinlich identisch, laut Akten gab es nur einen Sohn aus der ersten Ehe von Frau Kaiser, also meinen Vater. Laut diesen Akten gab es für den vermissten Karl Schäubener bis heute keine Sterbeurkunde, nur einen handschriftlichen Eintrag, dass er als vermisst gilt.

Hannah sah sich etwas weiter in der Abteilung der Geburtsurkunden um. Unter „SCH" wurde sie auch dort fündig. Schäubener, Karl, geboren am fünften August Neunzehnhundertelf.
Also dann kann der Kerl jetzt hier nicht mehr durch das Gebirge laufen und Polizisten killen.
Einhundertsieben Jahre alt sein und körperlich fit? Nein, es passt nicht ganz zusammen. Der Geburtsort war Boisoara, das kleine Dorf, wo mein Freund Nicu wohnt.
Der Vater von Karl Schäubener hieß und jetzt wurde es interessant, Costia Schäubener, geboren auch in Boisoara im Jahr Achtzehnhundertdreiunddreißig. Moment mal, der hat mit fast achtzig Jahren noch ein Kind gezeugt? Ich sah mir die Daten noch einmal an. Die Ahnenreihe ließ sich bis fast vor vierhundert Jahren zurückverfolgen. Der Name Karl wechselte immer wieder mit

dem Namen Costi, immer nur die Geburtsdaten wurden erfasst, nicht das Sterbedatum.

Ich sah Hannah etwas verwirrt an und sie nahm die Bücher und kopierte die Seiten im Büro des Pfarrers. Wer war dieser Schäubener?

Meine Oma hatte nicht viel von ihm erzählt. Ihre große Liebe war mein leiblicher Großvater, der leider im Krieg gefallen war. Den Hirten lernte sie nach ihrer Flucht in dem Dorf kennen und lieben. Sie heirateten und er wurde dann ja schon bald als vermisst gemeldet. Aber im Haus von Oma kann ich mich nicht daran erinnern, ein Foto von ihm gesehen zu haben.

Hannah suchte noch weiter und wurde bald fündig. Unter dem Namen Kaiser gab es mehrere Einträge.

Im Jahr Neunzehnhundertfünfundvierzig siedelten sich insgesamt vier deutsch-stämmige Aussiedler im Dorf Gaujani an, eine Frau Frieda Hulda, der Bruder Hans, seine Frau Charlotte und der Sohn Werner.

Das Sterbedatum wurde bei allen drei Personen mit dem letzten Tag im November des Jahres Neunzehnhundertsiebenundvierzig angegeben. Alle drei am gleichen Tag verstorben, das wusste ich nicht. Auch die Gräber von ihnen waren mir nicht bekannt. Als Grabstättenplatz wurde der Friedhof von Gaujani angegeben. Grabstelle 26, eine Familiengrabstelle.

Auf diesem Friedhof lag auch meine Großmutter. Über sie gab es weder eine Akte noch ein Hinweis auf ihr Begräbnis.

Morgen sollte ich mich dort nach all den vielen Jahren mal wieder blicken lassen. Ein Friedhof in solchen Bergdörfern ist nicht wie bei uns in Deutschland dunkel und als reine Trauerzone gehalten, sondern bunt, mit farbig gestalteten Grabkreuzen und geschnitzten, lustigen Szenen aus dem Leben der Verstorbenen auf Holzplatten. Die Angehörigen kommen hier zu Ostern oder auch an anderen kirchlichen Feiertagen, halten Zwiesprache mit den Verstorbenen und erbitten Rat von ihnen. Der Priester der Kirche war noch derselbe von früher, er hatte damals schon die Beisetzung meiner Oma begleitet.

Also ist unser Programm für morgen schon geregelt. Nicu wollte ich ja auch noch einmal im Nachbarort besuchen, da sollte sein neues Bett geliefert werden und sich der Arzt bei ihm melden.

Auf der Rückfahrt zum Hotel war mir klar geworden, mein Urlaub ging gerade den Bach runter. Ich saß in Siebenbürgen mitten in Rumänien und das Flugzeug hob ohne mich nach Ägypten ab. Schon oft hatte ich so etwas erlebt, mein Beruf ging halt vor, aber manchmal, wo ich langsam älter werde, sehne ich mich nach einem normalen Beruf. Von 9.00 Uhr bis 17.00 Uhr und dann Feierabend, nach Hause zu Frau und Kind, aber das wird wohl nicht mehr passieren.

In der kleinen Lobby war es recht laut, sie war prall gefüllt mit neuen Gästen. Hannah begann zu strahlen, ein lautes „Shalom" erklang in der Lobby und ein Mann Ende vierzig stürzte auf Hannah zu, hob sie hoch und wirbelte sie herum und küsste sie auf den Mund.
Sie sprachen eine Weile miteinander, als sich Hannah zu mir umdrehte und den Mann vorstellte. „Das ist Avi, mein Ex-Mann, er ist Agent des israelischen

Geheimdienstes Mossad und ich habe ihn schon eine Weile nicht mehr gesehen."

Na da war ich ja total erfreut. Eine recht bunte Truppe, die da aus Israel kam. Avi, ihr Ex war der typische dunkelhaarige Ex-Soldat, gut gebaut und mit einem Charme, dass Olivenbäume weich werden können.

Ein Rabbi mit langen Schläfenlocken an der Seite, namens Jentel Bertelsheim, ein Gelehrter und Geistlicher.

Sharon, eine Ex-Soldatin mit hübschem Gesicht, aber viel zu festem Händedruck. Simon, ein schwer bewaffneter Agent des Inlandsgeheimdienstes Shin Bet aus Israel und zwei fast gleich aussehende Männer im schwarzen Anzug, Aaron und David. Was die tun, war mir ein wenig schleierhaft.

Hannah verabredete sich mit der ganzen Truppe in einer Stunde beim Essen. Bin mal gespannt, wo die essen wollen. Muss doch alles koscher sein, aber mir doch egal.

Im Zimmer vom Ex trafen wir uns. Er fragte mich natürlich auch gleich, ob ich was mit Hannah habe, es sehe so aus! Geht ihn gar nichts an.

Sehr sympathisch! Bin mal eher gespannt, was die für einen Plan haben.

Da meistens nur Hebräisch gesprochen wurde, verstand ich so gar nichts. Als sich der Rabbi auf Deutsch an mich wandte, „Herr Kaiser, ich habe gehört, Sie haben auch ein wenig Erfahrung mit Brauchtum aus der alten Zeit?"

Der sprach ja perfekt Deutsch, mal ne nette Erfahrung. „Sie müssen wissen, Hannah hat uns im Auftrag von Interpol hierher bestellt. Wir haben solche Fälle schon öfter bearbeitet und glauben Sie mir, Rumänien ist nicht das einzige Land mit solchen Problemen."

Ich wurde neugierig, was meinte er mit Problemen?

„Herr Kaiser, Sie wissen um den Glauben der Einheimischen und den Geschehnissen. Würden Sie sagen, es ist ein normaler Mörder?"

Die Frage war berechtigt. Nein, ein normaler Mörder war es nicht, weder das Motiv war klar noch seine Identität.

„Wir gehen auch nicht mehr von einem normalen Mörder aus. Es scheint eine Art Zeitzyklus zu geben, alle sieben Jahre scheint hier etwas schief zu laufen.

Anhand der Todeszahlen aus diesem Gebiet und der Anhäufung jetzt im November gibt es die Vermutung, es handele sich um etwas Älteres, was hier mordet.

Ich habe mir die Akten angesehen, Herr Kaiser. Sie haben doch auch in Ihrer Familie ein paar größere Probleme mit Ihrer Familiengeschichte. Da lässt sich auch nicht mehr alles als Normal bezeichnen, oder?"

Da hatte er wohl Recht. Ich ließ die Truppe alleine und ging zurück in mein Hotelzimmer.

Hannah blieb noch bei den Neu-ankömmlingen.

Im Zimmer sah ich mir noch einmal den kleinen Goldring an meinem kleinen Finger an und das alte Buch fiel mir dabei ein und ich öffnete es, diese Gedichte aus alter Zeit. Ich las so laut vor mich hin, als es an der Tür klopfte. Der Rabbi stand davor und bat um Einlass.

„Sie haben etwas vorgelesen, was eigentlich ungesagt bleiben sollte."

„Herr Bertelsheim, woher wissen Sie das?"

Er schaute mich durch seine Brille eindringlich an. „Sagen wir mal so, wenn in meiner Nähe Formeln einer Beschwörung gesprochen werden, merke ich es."

Er sah zum Buch. „Darf ich?", nahm es mit zwei Händen auf und drehte es, bevor er es aufschlug.

„Das Wissen der Familie Schäubener. Sehr interessant, Herr Kaiser. Hier haben sie ein Exemplar aus dem Jahr Sechzehnhundertsieben, merken Sie Herr Kaiser. Die Sieben!

Ein ausgesprochen gut erhaltenes Exemplar, Ungarisch, Rumänisch und Hebräisch. Alle drei Sprachen braucht man, um eine Beschwörung durchführen zu können. Die Texte alle ausgereift und tadellos wiedergegeben, laut alter Überlieferungen.

Auch in anderen Ländern kann mit solchen Beschwörungen ein bereits lieber Verstorbener zurückgerufen werden oder im Grab gehalten werden. Sie finden hoffentlich nicht, ich erzähle hier Blödsinn, oder?

Der Staat Israel hat viel Geld ausgegeben, um auf diesem Gebiet zu forschen. Die Vorarbeit leisteten die

Nazis in Deutschland. Heinrich Himmler, Leiter der SS, war besessen vom Okkulten und der alten Mystik. Er ließ Wissenschaftler in alle Welt reisen, um sich Wissen anzueignen. Er wollte eine neue Rasse Mensch schaffen, schneller, besser und intelligenter, vor allem aber länger lebend. Wir haben nach dem Krieg sämtliche wissenschaftliche Forschungen für uns beansprucht und weiter geforscht."

Ein wenig hatte ich ja auch schon an so etwas gedacht. Die Geschichten, die abends an den Feuern in Rumänien erzählt werden, künden schon seit Jahrhunderten davon. Bis ins nahe Ungarn hat sich das Brauchtum und die Geschichten verbreitet.

Der Rabbi las sich das Buch an einigen Passagen durch, nickte ab und zu und gab mir das Buch zurück.
„Hüten Sie es gut, da ist ein Wissen drin, was unsere Vorstellung übersteigt. Jemand muss dieses Buch benutzt haben, um etwas zu schaffen, was hier in den Bergen tötet.

Man kann das Buch zwar zerstören, damit man es nicht mehr benutzen kann, aber das ist nicht der Sinn. Das Buch muss an seinen alten Platz zurück. Da wird es bleiben, bis jemand kommt, sich mit den Beschwörungen und Formeln auskennt und es wieder benutzt. Auch für gute Sachen! Oder haben Sie sich noch nie gewünscht, mit einem Verstorbenen wenigstens noch eine Stunde reden zu können?"

Er sah mich eindringlich an und fragte, ob dieses Buch eingeschlagen war. Ich bejahte, es war menschliche Haut, ein Stück aus dem Bauchraum bis zur Brust, damit war es eingeschlagen.
„Meist wurde die Haut des ehemaligen Besitzers dafür genommen. Haben Sie die Haut noch?" Ich hatte sie in den Kofferraum geworfen, nachdem sich das der Mediziner angesehen hatte.
„Bringen Sie den Umschlag wieder an und suchen Sie den Ort, wo das Buch herkommt. Ich glaube, dass es dann hier ruhiger wird. Sie wissen um die Andreasnacht vom neunundzwanzigsten zum dreißigsten November? Es ist auch die Nacht der Wölfe!"

Natürlich kannte jedes Kind die alten Geschichten. Der „Domnul Lupilor,“ der Herr der Wölfe, wird sich dann mit den Wolfsrudeln treffen und sie auf das nächste Jahr einschwören.

Zum Schluss des Treffens in den tiefen Wäldern Transsilvaniens verabschieden sie sich in dem Wissen, dass im nächsten Jahr zum Treffen die Wölfe wie auch der Domnul Lupilor gestorben sein könnten. Dann müsste ein neuer Domnul Lupilor durch die Wölfe bestimmt werden. Auch Gräber könnten sich in dieser Nacht öffnen. Einen Toten im Grab zu binden, ist nur mit einem Kreis aus Weihwasser möglich.

„Herr Kaiser, haben Sie so ein Brauchtum schon mal erlebt?“

Natürlich hatte ich gesehen, wie die Dorfbewohner vor der Andreasnacht auf den Friedhof gingen und Wasserkreise um die Gräber zogen. Mir war das damals immer nicht ganz geheuer und ich hatte mich da rausgehalten. So oft war ich auch im November nicht in Rumänien. Was ganzjährig an den Türen der Bauernhäuser zu sehen war, sind bis heute Kreuze aus Knoblauchknollen, sie sollen streunende Strigoi abhalten, zu nah ans Haus zu kommen.

Der alte Rabbi schien ein wandelndes Lexikon zu sein und es machte mir Freude, mich mit ihm zu unterhalten. „Wo haben Sie so gut Deutsch gelernt?"

Er sah mich an. „In der Schule natürlich, damals in Köln. Wir wurden deportiert und kamen in ein KZ. Meine Eltern haben es nicht überlebt, aber ich ging mit meiner Tante nach Israel und bin dort Geistlicher geworden."

Die Tür ging auf und Hannah kam ins Zimmer. Der Rabbi erhob sich. „Ich werde euch mal alleine lassen. Gute Nacht Herr Kaiser. Denken Sie an meine Worte, Sie müssen nachdenken!"

Hannah sah mich etwas schief an. „Hast du einen neuen Freund gefunden?"

Was sollte denn die Frage? „Er ist sehr nett und hat eine Menge Grips."

Ich war immer noch ein wenig eifersüchtig auf den Ex-Mann von Hannah, sie schien immer noch ein gutes Verhältnis zu ihm zu haben. „Du und dein Ex-Mann versteht euch aber noch gut. Ist ja nicht immer so, wenn Beziehungen enden."

Hannah hatte sich schon ausgezogen und kam nackt aus dem Bad. „Da ist wohl einer eifersüchtig, aber ich kann dich beruhigen. Es war damals eine schöne Zeit mit ihm, aber halt damals. Ich habe gelernt, nach vorne zu schauen," und öffnete mir dabei meinen Gürtel und meine Hose und bediente sich.

Sie setzte sich einfach auf mein schon größer gewordenes bestes Stück und war auch akustisch deutlich zu hören. Kurz vor ihrem lauten Höhepunkt klopfte es an unsere Wand aus dem Nachbarzimmer. Da wohnte ja ihr Ex. Ja mein Junge, hier geht die Post ab.

Viel Spaß unter der Dusche. Eins zu Null für Ion!

Unser Frühstück nahmen wir zusammen ein. Ein Teil der Truppe wollte sich danach in die Berge aufmachen, der andere in die Archive.

Wir machten uns auf in meine Vergangenheit, in das Dorf Gaujani. Zuerst wollte ich sehen, was auf dem

Hof von meiner Oma heutzutage für ein Haus steht, dann zum Friedhof und dann zum Priester.

Das Dorf hatte sich kein bisschen verändert, als sei hier die Zeit stehen geblieben. Selbst die alten Pferdewagen wurden noch als Transportmittel genutzt. Je weiter ich den Blick durch die paar Häuser schweifen ließ, umso mehr war ich gefangen von meinen Erinnerungen und den neuen Eindrücken, hier im Ort meiner Kindheit.
Viel hatte ich vergessen, so auch den kleinen Brunnen am Marktplatz mit seinen geschnitzten Dachhölzern.

Ich parkte den Wagen am Brunnen und sprang aus dem Wagen. Es fing ganz leicht an zu schneien, aber es war zu warm, der Schnee schmolz schon beim Auftreffen auf den Boden.
Kein Mensch war draußen zu sehen, aber hinter den Gardinen war wie üblich Bewegung.
Außer den Satellitenschüsseln auf den Dächern war die Neuzeit hier an der Hauptstraße abgebogen und hatte sich hier nicht blicken lassen.

„Komm Hannah", und ich zog sie hinter mir her. Ich fühlte mich so frei, wie seit Jahren nicht mehr.

Hier war ich mit meiner Seele zu Hause.

Die Asphaltstraße war immer noch nicht weiter gebaut worden, ein kleiner Sandweg bog nach links ein wenig auf den Hügel ab. Das Haus des alten Nachbarn Milos stand nach wie vor im Rohbau da. Er hatte schon damals kein Geld mehr, um weiter zu bauen. Daneben war ein Bretterzaun aus ungestrichenem Holz.

Das Grundstück von Oma, das Holzhaus, stand wie Ende der achtziger Jahre ein bisschen windschief auf dem Hof, ein paar Bäume waren dazu gekommen. Ein merkwürdiges Gefühl beschlich mich und mein Herz verkrampfte sich samt meiner Lunge. Hannah nahm mich an die Hand.

„Es steht noch! Schau Hannah, da auf dem Hof der alte Brunnen und da die alten Gartengeräte."

Was war hier los? Mein Vater hatte es angeblich damals verkauft, hier hat sich aber nichts geändert. Nur die Natur hat sich dem Grundstück und dem Haus etwas bemächtigt.

Das Gartentor war zu. Ich hob es an und es öffnete sich, schon damals ging es nur so. Sämtliche Scheiben waren völlig in Ordnung, nur auf dem Dach fehlten ein paar Ziegel.

Wir gingen einmal um das Haus, schauten ins Innere, konnten aber nichts entdecken. Es gab innen und außen Fensterläden, die inneren waren ver-schlossen. Die Haustür war abge-schlossen. Ob der Schlüssel noch im alten Versteck war? Man fasste über den Türsturz und schob ein kleines Brett beiseite, an einem Nagel hing früher immer der Schlüssel.

Ich tastete das Brett ab und wurde fündig, verrostet, aber ich erkannte ihn wieder, mit so einem langen Bart. So etwas gab es schon damals bei uns zu Hause in Deutschland gar nicht mehr.

Als ich ihn in das Türschloss stecken wollte, kamen Rufe vom Weg. Zwei Männer kamen vom Weg in den Hof, trugen Heugabeln, die sie in unsere Richtung schwenkten. Hannah zog ihre Waffe und die Männer blieben stehen.

Den Schlüssel steckte ich mir lieber in die Jackentasche.

Ich sprach sie an und forderte sie auf, die Heugabeln nieder zu legen. Dem kamen sie aber nicht nach und so zog ich auch meine Waffe und lud durch.

Wir sollten uns hier nicht mehr blicken lassen, das ist Privatbesitz, bekamen wir zu hören.

Ich sagte ihnen, ich weiß das, von meiner Oma nämlich.

Einer ließ die Heugabel sinken. „Ion?"

Er schien mich zu kennen. Ich gab mich zu erkennen und er stürzte auf mich zu und ließ die Heugabel fallen.

„Ion, Ion, erkennst du mich denn nicht? Ich bin es, Milan."

Ah ja, Milan, der Schläger des Dorfes und früher nicht unbedingt mein Freund, aber das ist lange her. Wir sind ja erwachsen geworden. War er nicht gleich alt wie ich? Vor mir stand ein Mann fast ohne Zähne und mit einem Alkoholgeruch, so dass man fast mit besoffen wurde.

Die Zeit hatte es mit ihm nicht so gut gemeint, die Spuren in seinem Gesicht zeugten von einem harten Leben in den

Bergen und vom übertriebenen Alkohol-
genuss.

Er erzählte mir, das Grundstück wollte
keiner kaufen, es stand leer und das
Haus war abgeschlossen.

Gott möge ihm verzeihen, er habe
immer das Obst geerntet und daraus
Schnaps gebrannt, aber im Haus war er
nie.

Alle anderen im Dorf machen einen
Bogen um das Grundstück, ich weiß ja
wohl warum.

Wusste ich nicht!

Er sah mich fragend an und sagte bloß,
es ging immer noch um die alten
Geschichten von damals.

Meine Oma hatte ihren vermissten Mann
nie vom Dorf ferngehalten und er liefe
als Strigoi seitdem umher. Es wäre aber
ihre Pflicht gewesen, ihn zu bändigen,
das hatte sie wohl nicht getan.

Meine Frage an ihn war natürlich, ob er
den Strigoi mal gesehen hatte. Die
Antwort war mir eigentlich vorher klar.
Er hatte nur etwas von einem Nachbarn
gehört, da hätte wohl jemand mal etwas
aus der Bekanntschaft gesehen.

So entstehen Gerüchte!

Er zog mich an der Jacke auf den Weg. Da hinten in dem alten Haus von seinem Vater wohne er, ob ich das noch wisse.

Sein auch nach Schnaps stinkender Kumpel stand etwas abseits und bekreuzigte sich, als er das Grundstück mit Hannah zusammen verließ.
Aus dem Augenwinkel sah ich noch, wie er mit einem Stein vom Weg an dem alten Holzzaun etwas zu markieren begann. Ich drehte mich zu ihm um und fragte, was das solle.
„Man muss es so machen. Immer, wenn du so ein Grundstück betreten hast, musst du drei Kreuze an die Pforte malen, sonst kommt das Unglück dieses Grundstücks auch in dein Haus."
Gut, hier herrscht wirklich noch das Denken aus dem Mittelalter, aber langsam nervt mich das Alles ein wenig.
Mit Sattelitenfernsehen Programme aus aller Welt empfangen, aber hinter jedem Zaun einen Dämonen vermuten.

Wir wurden natürlich gefragt, warum wir im Dorf sind. Also erzählte ich von Polizei und Morden. Er hatte etwas gehört, aus dem Nachbardorf.

Gott wird uns schon beistehen, meinte er. Der Andreastag ist ja bald, aber man habe es ja bis jetzt immer überstanden.

Meinen Plan, mich auf dem Grundstück weiter umzusehen, verschob ich. Die Gestalten wollte ich nicht unbedingt dabei haben.

Wir wurden auf einen Schluck Selbstgebrannten in das Haus des Alkoholikers eingeladen, aber die Ausrede, wir sind im Dienst und dürfen nicht trinken, hatten sie verstanden.
An dem Haus seines Vaters war die Zeit genauso stehen geblieben, wie im ganzen Dorf. Renovierung und Modernisierung fielen auf Grund von Geldmangel weg.
So hätte man hier glatt einen Film aus den fünfziger Jahren drehen können, ohne groß umbauen zu müssen.

Die Saufkumpane blieben bei sich und wir zogen weiter zur Kirche. Ich hatte da noch ein paar Fragen an den Priester. Dieser wohnte neben der Kirche und dem Friedhof am Rande des Dorfes in einem Holzhaus mit vielen Schnitzereien.

Es war das Haus, was nicht den Anschein von Gammel verbreitete und gepflegt erschien.

Den Priester trafen wir in der Kirche an, als er die Kerzen am Altar entzündete.

Ich grüßte ihn und er sah mich fragend an. Erkannt hat er mich nicht, dazu lagen zu viele Jahre dazwischen und ich hatte mich ja auch etwas verändert.

Erst als er meinen Namen hörte, schien er sich etwas zu freuen.

Auch an ihm war die Zeit nicht spurlos vorbei gegangen. Früher noch schlank, ging er jetzt etwas in die Breite, aber in den Gesichtszügen erkannte ich ihn noch.

Ich zückte vorsichtshalber meinen Dienstausweis und zeigte ihn vor, meine Fragen wollte ich schon wahrheitsgetreu beantwortet haben.

Er bat uns auf die Kirchenbänke und ich begann. „Sagen Sie, meine Großmutter starb damals am Andreastag. Als wir zur Beisetzung kamen, war der Sarg schon verschlossen. Warum?

Warum kam auch kein anderer Dorfbewohner, meine Oma hatte doch so vielen mit ihren Kräuterextrakten und ihrem Wissen geholfen?

Wer war ihr Ehemann damals, gibt es darüber Unterlagen in der Kirche oder im Archiv bei Ihnen?"

Er schwieg eine Weile und begann mit leiser Stimme zu sprechen. Es sei ihm leider nicht möglich, auf diese Fragen zu antworten, er habe Schweigepflicht.

Ich übersetzte Hannah die Worte und sie fragte, ob das sein letztes Wort ist?

Ich war als Dolmetscher tätig und er nickte nur.

Hannah nahm mein Telefon und wählte eine Nummer, sprach auf Hebräisch etwas und gab mir das Telefon zurück.

„Dann lass ihn, wir brauchen seine Auskünfte nicht."

Sie stand auf und ging zum Ausgang, ich folgte ihr.

„Meinst du nicht, wir bekommen von ihm noch was raus? Der hätte doch fast was gesagt."

Hannah schüttelte den Kopf. „Hast du seine Augen gesehen? Da war pure Angst zu sehen, der hätte sich lieber aufgehängt, als mit uns zu reden."

Vor der Tür blieben wir mit Blick auf den Friedhof stehen, mich zog es dort hin.

Die Stelle, wo sich das Grab meiner Oma befand, an der alten knorrigen Eiche, war ganz leicht zu finden.

Doch der Weg fiel mir schwer, so lange hatte ich Oma hier nicht besucht und jetzt hatte ich nicht einmal ein Blümchen mit. Das Herz wurde mir ganz schwer und ich spürte die Trauer von früher wieder in mir aufsteigen. Meine Oma, was hatte ich sie lieb, manchmal war sie mir näher als meine Eltern. Alles konnte ich mit ihr besprechen. Sie nannte mich immer nur „ihr Tuschelchen", keine Ahnung warum. Ich sehe sie noch vor mir stehen, mit einer Kittelschürze und einem Kopftuch, ein lustiges, faltiges, von der Zeit gezeichnetes Gesicht mit fröhlichen und schelmischen Augen.

Es fiel mir alles wieder ein, meine glücklichen Kindheitstage in Rumänien, frei von Sorgen und Oma an meiner Seite.

Papa brachte mich zum Ferienbeginn mit dem Auto her, blieb ein paar Tage und fuhr dann zurück, ich aber hatte die ganzen Ferien Zeit, mich hier aus-zutoben und nach all den Wochen hier, war ich schon fast ein Einheimischer geworden.

Die Menschen kannten mich und ich ging bei vielen ein und aus in ihren Häusern. Lange ist das her. Es fehlt mir, gerade so stark, wie noch nie!

Hannah nahm meine Hand, als wir durch das Friedhofstor gingen und ließ sie auch nicht los.

Die alte knorrige Eiche schien schon seit Jahren vertrocknet zu sein, daneben ein Grab mit den hier in Rumänien so typischen, bunt bemalten Holzkreuzen. Die Farbe war schon fast überall abgeblättert, aber den eingeschnitzten Namen konnte man noch etwas lesen: „Frieda Kaiser."

Mir kamen hier seit vielen Jahren mal wieder die Tränen.

Letztes Mal war schon viele Jahre her, als mein Vater in Berlin an Krebs starb. Mutter blieb seitdem allein und wir telefonieren wenigstens ab und zu mal. Ich muss sie mal wieder besuchen.

Dieses Jahr zu Weihnachten werde ich definitiv nicht arbeiten, da werde ich mit Mama feiern.

Ansonsten war es ein schlichtes Grab, mit Gras bewachsen und ungepflegt. Wer sollte es auch pflegen? Am Fußende aber lag ein vertrockneter Strauß Sommerblumen. Schien sich ja doch noch ein Mensch an Oma zu erinnern.

Wenn ich beobachtet werde, merke ich es meistens, so auch diesmal. Ich drehte mich um, der Priester stand an der Tür zur Kirche und schaute zu uns herüber, verschwand aber sofort wieder ins Innere, als er sich ertappt fühlte.

Seit dem Telefonat von Hannah war schon eine gewisse Zeit vergangen, als auf der Dorfstraße ein Polizeifahrzeug und zwei schwarze Kleinbusse auf-tauchten.
Unsere israelische, merkwürdige Reise-gesellschaft war vorgefahren und stieg aus den Fahrzeugen.
Der Priester erschien wieder in der Tür der Kirche und schaute sich verdutzt um.
Hannah zog mich Richtung Kirche.
Ihr Ex-Mann hatte einen Zettel in der Hand und drückte diesen dem Priester in die Hand und schob ihn beiseite. Dieser fing laut an, ihn zu beschimpfen, was

das solle, das ist Kirchengebiet und er habe kein Recht, hier einzudringen. Als der Priester versuchte, ihn mit der Hand am Weitergehen zu hindern, hatte er schon den Arm auf den Rücken gedreht bekommen und wurde an die Polizisten weitergereicht. Er durfte sich im Polizeiauto weiter austoben.

Die Dorfbewohner waren zwar neugierig, aber kamen nicht näher.

Mein neuer Freund, der Rabbi, sprach kurz mit dem Priester im Polizeiauto und ging dann mit den beiden Anzugträgern in das Privathaus des Priesters.

Hannah meinte nur, wir haben sämtliche Befugnisse, dem Morden hier in der Gegend Einhalt zu gebieten, da muss sich auch die Kirche fügen.

Ich stand etwas im Abseits, sah mir die Dinge an, die hier so vor sich gingen und konnte mir so richtig keinen Reim darauf machen, wonach hier gesucht wurde.

Der Rabbi kam nach einiger Zeit aus dem Haus und winkte mich heran.

„Hab ich was gefunden Ion, schauen Sie mal."

Es waren Sterbefallakten, die schriftlich von Hand geführt wurden. Jedes Jahr gab es einen Todesfall, der vom Priester dokumentiert wurde mit dem Vermerk, „Verschlossen!" Alle anderen Fälle hatten diesen Zusatz nicht.

Der Priester wurde erneut befragt, gab aber weiterhin keine Auskünfte, als über die Dorfstraße ein schwerer Militärlastkraftwagen einbog und bei uns hielt. Hannahs Ex sprach mit den Soldaten und sie luden Schaufeln, Spaten und Spitzhacken ab.

Der Rabbi kam zu mir und nahm mich beiseite. „Wir müssen auch Ihre Großmutter exhumieren Ion, Sie haben doch Verständnis?"
Sollte ich wohl haben, war mir aber nicht sicher, was das sollte. Im Polizeiwagen tobte der Priester, bis hier konnte ich ihn hören. „Gott wird euch strafen, möge euch der Domnul Lupilor zerfleischen."

Moment mal, der Herr der Wölfe? Und das aus dem Mund eines griechisch-orthodoxen Kirchenmannes?
Jetzt war mir klar, hier steckten viele mit drin. Hier wird etwas vertuscht und nicht drüber gesprochen.

Als ich auf den Polizeiwagen zuging, fingen die Soldaten an, auf dem Friedhof die ersten Gräber zu öffnen.

Der Priester war schon rot angelaufen, so hatte er im Auto gebrüllt. Ich öffnete die Tür und fragte ihn nach der Aussage, der Herr der Wölfe sollte uns holen. Angeblich war es nur ein allgemeiner Fluch gegen uns und hätte nichts zu bedeuten.
Ich sah das anders.

Seine Angst war deutlich zu sehen, hatte er Angst vor dem, was wir in den Gräbern finden, wo es keinen Abschied am offenen Sarg gab, wie hier eigentlich immer üblich war?
Die Polizei sollte den Priester nach Herrmannstadt bringen, dort sollte er weiter befragt werden. Hier bringt das nichts.

Die Soldaten hatten bald das erste Grab freigelegt. Bei meiner Oma wurde auch schon gegraben.
Laut Akten war das erste Grab von einem über siebzigjährigen Mann, der

vor ein paar Jahren zu Hause im Schlaf starb.

Die ehemalige Soldatin Sharon zog sich Gummihandschuhe an und wartete bis die Soldaten den merkwürdig gut erhaltenen Sarg aus der Erde geholt hatten. Mit einem Brecheisen öffneten sie ihn. Sharon begann, darin herum zu wühlen. Ihr Kollege macht ein paar Fotos und ich sah mir die Sache mal an.

Der Verwesungsprozess war schon weit fortgeschritten, aber dass es sich nicht um einen im Schlaf gestorbenen Mann handelte, konnte auch ich ohne medizinische Ausbildung sehen.

Die Leiche war zerfetzt, der halbe Schädel war zertrümmert und die Extremitäten teilweise abgerissen und verschwunden.

Ähnlichkeiten zu der Leiche unseres deutschen Vermissten kamen mir in den Sinn.

Dann wurde das Grab meiner Groß-mutter geöffnet, mir schlug mein Herz bis in den Hals. Bei einem Fremden war es mir egal, aber das war meine Familie.

Trotz der langen Liegezeit war der Sarg von Oma noch gut erhalten, nur an den Ecken begann das Holz abzusplittern und zu faulen. Ich erkannte die Schnitzereien wieder, die mir damals schon aufgefallen waren.

Als der Sarg auf den Boden gestellt wurde, bat Hannah ihre Kollegin Sharon um etwas Zeit für mich. Sie möge den Leichnam mit Respekt behandeln. Sharon nickte, ein Soldat öffnete den Deckel vorsichtig mit dem Brecheisen und Holzsplitter flogen uns trotzdem um die Ohren. Hannah schaute den Soldaten wütend an. Der Sargdeckel wurde abgehoben und zum Vorschein kam eine fast verweste Leiche, Kleidungsfetzen hingen noch an den Armen und Beinen. Diese Leiche war auf jeden Fall komplett.

Da war sie nun meine Großmutter! Hatten wir sie wieder ausgegraben, um zu beweisen, dass es hier ein paar perverse Mörder gibt, und nun ist bei ihr alles in Ordnung.

Sharon fand das nicht. „Das ist keine Frauenleiche, schon die Sachen sehen aus wie ein Anzug eines Mannes. Auch das Becken sieht nicht so aus, wie das einer Frau. Wir werden DNA entnehmen und prüfen lassen. Ion, Ihre DNA brauchen wir dann bitte auch."

Im Grab unter dem Sarg von Oma, falls es Oma sein sollte, wurden noch mehr menschliche Knochen gefunden. Wahrscheinlich die von Omas Familie, laut Akten wurden sie auch dort begraben.
Sharon ließ sich die Knochen zeigen und hielt einen Knochen hoch.
„Schaut mal, das ist ein Oberschenkelknochen, ziemlich groß, wahrscheinlich von einem Mann. Der Knochen wurde in der Mitte durchgebrochen und das hier sind eindeutig Nagespuren am Knochen. Da hat jemand wohl das Fleisch abgenagt.
Noch kann ich nicht sagen, ob es ein Tier oder ein Mensch war, muss ich mir unter einem Mikroskop ansehen."
Jetzt wurde es wirklich merkwürdig, gab es damals Kannibalen hier, wohl kaum. Aber die Familie meiner Oma war am gleichen Tag gestorben, keine Aktennotiz verriet woran.

Ein Handy klingelte in der Nähe, jemand nahm ab und gab das Telefon Hannah.

Sie teilte mir mit, dass der Priester tot sei. Als der Polizeiwagen in Herrmannstadt hinter anderen Autos halten musste, wurde die Tür hinten aufgerissen und dem Priester das Genick gebrochen. Ein Mann mit grauem Anzug rannte dann weg. Erwischt haben sie den Täter leider nicht, trotz Verfolgung zu Fuß.

Ich erzählte den Umstehenden, was geschehen war und der Rabbi entgegnete nur: „Da fängt jemand an, Angst zu haben und macht Fehler. Der Mitwisser musste weg."

Woher sollte der Täter denn die Route des Autos kennen?
Mir war seine Logik nicht ganz klar. Ich sah mir die Leiche im Sarg meiner Oma noch einmal genauer an.
„Hat jemand mal einen Zollstock?" Und mir wurde einer gereicht. Die Leiche war 1,80 m groß. Also Oma ist kaum noch im Sarg gewachsen, sie war damals schon nicht allzu groß.
Das hier war sie jedenfalls nicht. Der Priester hat es bestimmt gewusst, wo ist bloß die Leiche von Oma?

Der Rabbi meinte, wir können hier eh nichts mehr helfen und schickte uns los. Ich wollte ja noch in das alte Holzhaus schauen, also machten wir uns auf den Weg. Die Dorfbewohner standen jetzt auf der Straße und sahen dem Treiben auf dem Friedhof mit gebührendem Abstand zu.

Wir liefen die Dorfstraße zurück, als mich eine Männerstimme rief: „Hallo Ion, na du siehst ja gut aus, so westlich."
Ich erkannte den Betreiber des alten Dorfladens von früher, alt war er geworden, aber er hatte immer noch den netten Gesichtsausdruck von damals. Der Laden, stimmt, wo war er doch gleich? Früher habe ich da mein Taschengeld auf den Kopf gehauen oder Brot für Oma besorgt. Der Laden hatte alles zu bieten, vom Besen bis hin zum Schnürsenkel. Da drüben war er, wo jetzt die Jalousie unten ist.
Schade, leider auch geschlossen. Wie ich später hörte, kamen nach der Wende die Menschen dort nicht mehr einkaufen. Lieber fuhren sie in die Nachbarorte in

die modernen Einkaufsläden der großen Discounter.

Er nahm meine Hand. „Ion, Milan der Säufer hat mir schon erzählt, dass du da bist und dass du Polizist bist für die EU. Hör zu, ich hoffe ihr macht dem Treiben hier ein Ende, es geht schon viel zu lange so."

Da wurde ich neugierig, er bat uns ins Haus, aufgeräumt und sauber sah es aus. So kannte ich ihn, immer mit dem Besen und der Müllschippe damals im Laden unterwegs.

Er erzählte uns von Vorfällen über die Jahre, seine kleine Enkelin war mit nur sieben Jahren gestorben und er durfte sie nicht mehr sehen. Der Sarg war schon zugenagelt. Der Priester und der Bürgermeister hatten es so bestimmt. Er weiß genau, es war kein natürlicher Tod von der Kleinen. Sie hatte in der Nähe auf einem Feld Blumen gesammelt und kam nicht zurück. Drei Tage später fand man sie zehn Kilometer weg von hier im Gebirge tot auf. Aber keiner hatte sie aufgeklärt, wie die Umstände damals waren.

Als er bei der Polizei in Herrmannstadt nachfragen wollte, habe ihn der

Bürgermeister besucht und ihm gedroht. Er solle die Kleine in Frieden ruhen lassen. Die Enkelin war seine einzige Freude im Alter und nun?

Ich übersetzte es Hannah und sie ging noch einmal zum Friedhof zurück. Ich unterhielt mich derweil weiter, bekam reichlich Kaffee und Kekse aufgetischt und versprach, ihm zu helfen.

Als ich ihn verließ, sagte er zu mir: „Ion, deine Großmutter war eine wundervolle Frau, kennst du die Umstände ihres Todes?" Bis jetzt nicht, meine Eltern hatten mir nur gesagt, sie sei verstorben, in diesem Alter auch nichts Ungewöhnliches.

„Man fand sie am Morgen des Andreastages auf dem Hof neben dem Brunnen. Sie muss dort am Abend schon hingefallen sein und kam nicht mehr alleine hoch, dort lag sie dann die ganze Nacht und du weißt ja, hier gibt es Bären, Wölfe und so etwas. Ihre Leiche war nicht mehr komplett, als man sie fand."

Ich musste das so erstmal glauben und erzählte ihm von einer falschen Leiche im Sarg. Er konnte es gar nicht glauben, als Hannah wieder erschien.

Auch das Grab seiner Enkelin war geöffnet worden, auch bei ihr hatte in den Akten „Verschlossen!" gestanden. Auch bei dieser Leiche fehlten Extremitäten, waren Knochen zersplittert und der Leichnam entstellt.
Dem alten Mann brachte ich es schonend bei, er weinte und meinte nur, er habe sich so etwas schon gedacht.

Wortlos machten wir uns auf den Weg zum Grundstück meiner Oma, als Hannah sagte. „Das Grundstück scheint dir zu gehören, laut einer Auskunft aus dem Sachregister in Herrmannstadt ist es nicht verkauft worden. Glückwunsch Ion, du hast jetzt ein Ferienhaus in Rumänien."

Eins auf Mallorca oder in der Südsee wäre mir momentan aber wirklich lieber! Hannah hatte von ihrem Ex ein Handy bekommen, auch nicht schlecht. Ich verborge meins nicht so gerne und da klingelte das Handy von Hannah auch schon.

Sie sprach Englisch mit dem Gegenüber und legte dann auf. „Im Gebirge haben Soldaten Hinweise gefunden, dass jemand in einer Höhle in der Nähe der Berghütte wohnte. Muss bis vor kurzem gewesen sein. Darin befanden sich auch persönliche Sachen unserer Vermissten und der Schlüssel des Wohnmobils. Die Soldaten haben einen Schießbefehl erhalten. Also, ob wir den Typen lebend schnappen, ist ungewiss."

Am Grundstück angekommen sah ich mich zuerst auf dem Hof um. Also hier am Brunnen soll sie gelegen haben. Gegenüber war ein kleiner Stall, wo früher die Hühner und eine Ziege zu Hause waren. Beim Öffnen konnte ich es noch riechen, nach all der Zeit hat sich ein Restgeruch vom Stall erhalten.
Ziegenkäse machte Oma immer, man war der lecker und die Frühstückseier erst. Nicht wie die aus der Zehner-packung aus dem Discounter, nein richtig mit Geschmack. In den Ferien durfte ich sie immer früh den Hühnern wegnehmen.
An der Außenwand von Stall sind noch meine Schnitzsünden mit dem Taschen-

messer zu sehen. Oma hatte aber nicht geschimpft, sie freute sich über die neuen Motive im Holz, obwohl sie krumm und schief waren.

Der Schlüssel vom Haus, den ich aus meiner Tasche zog, passte noch. Das Schloss aber war nicht mehr so einfach zu überreden. Mit viel Druck und einem Stoß gegen die Haustür gab sie nach, das Schloss blieb zu, aber das Holz des Türrahmens hatte nachgegeben.

Der Geruch, der uns empfing, war wie eine Zeitreise. Etwas modrig, kalter Hauch kam aus dem Holzhaus, die Dielen knarrten, als ob sie gleich nachgeben wollten.

Ich zückte mein Handy, um Licht zu haben. Die Fensterläden waren von innen geschlossen, so dass es stockdunkel war.

Hannah zückte auch ihr Handy und wir tasteten uns langsam Richtung Fenster. Ein Riegel tauchte auf, ich schob ihn beiseite und klappte einen Fensterladen an die Wand, der zweite wollte nicht gedreht werden und fiel samt Scharnier krachend von der Wand.

Licht kam herein und gab den Blick frei in eine längst vergangene Zeit. Dreißig Jahre war hier keiner mehr im Haus drin gewesen. Keiner hatte es geplündert und bis jetzt hatte es allen Witterungseinflüssen getrotzt.

Da in der Ecke stand noch das Bett von Oma, die Zudecke und das Kopfkissen waren statt weiß, gelb braun geworden. Auf der anderen Seite die Küche. In den Schränken stehen bestimmt Geschirr und alte Vorräte.
Nicht zu fassen, an der gegenüberliegenden Wand war sogar das Bücherregal noch erhalten, zwar total eingestaubt und mit Spinnenweben zugesponnen, aber es war noch da.
Die steile Treppe nach oben in mein Zimmer sah nicht mehr so aus, als wenn sie mich tragen konnte. Ich ließ es lieber auf keinen Versuch ankommen, da hoch zu klettern.
Es gab eine Holzluke nach oben, diese war verschlossen. Ich hatte sie immer aufgelassen, mir war immer wohler, wenn ich meine Oma unten hören konnte. Angst hatte ich natürlich keine, aber sicher war sicher.

Die persönlichen Dinge, die wir damals nach der Beisetzung aus dem Haus meiner Oma mit nach Berlin nahmen, habe ich heute noch, wie in einem kleinen Schrein aufbewahrt. Zwar meist unbeachtet, doch sie waren da. Nicht mehr so wichtig für mich wie früher, doch meine Familiengeschichte.

Was nun, was soll denn mit dem Haus geschehen? Ich muss mich wohl beim Amt in Herrmannstadt mal darum kümmern.

Wir verließen das Häuschen nach einiger Zeit wieder. Ich versuchte die Tür zu blockieren, doch wer sollte hier schon einbrechen, wenn er es die letzten dreißig Jahre nicht getan hatte.
Als wir am Auto ankamen, sahen wir, dass sich noch mehr Fahrzeuge auf der Straße am Friedhof befanden, Gerichtsmedizin, scheinbar Staatsanwaltschaft und unsere Leute.
Der Rabbi kam in unsere Richtung gelaufen und winkte uns heran. Eigentlich wollten wir ja los. Er war etwas außer Atem, als er bei uns ankam.
„Ion, sagt Ihnen Domnul Lupilor etwas?"

Natürlich, eine Gestalt aus der Sagen-welt hier, der Herr der Wölfe.

Was hatte der alte Rabbi bloß gefunden?

Seine Adresse! Da war ich platt, in den Kirchenunterlagen gab es einen Eintrag über den Herrn der Wölfe. Drei Orte weiter soll er leben, der Jäger Adam Roskata kennt den Aufenthaltsort.

Hannah nahm ihr Handy und forderte Verstärkung an. Allein machen wir uns nicht dahin auf den Weg. Verstärkung kam nach einer Stunde von schwer bewaffneten Spezialeinheiten der rumä-nischen Armee. Sie fuhren vor und wir folgten.

Der Rabbi wollte uns begleiten und saß auf der Rückbank und murmelte was auf Hebräisch in seinen grauen Bart.

Die Orte lagen recht weit auseinander und wir fuhren länger als erwartet, bis zum Ort Pripoare. Auch so ein Nest mitten in den Karpaten.

Hannah meinte nur, „Kennst du eins, kennst du Alle!"

Auf dem Dorfplatz hielt die Armeeeinheit und machte sich daran, im Dorf nach dem Jäger zu fragen. Dieser war auch schnell gefunden, er kam uns schon entgegen und fragte, wie er helfen könne.

Wir fragten nach dem Herrn der Wölfe und der Jäger lachte. „Ja, das sind alte Geschichten, die sich die Leute über den alten George erzählen. Er wohnt in den Bergen, er nennt sich selbst:

Der Wolvalupilor, der Werwolf.

Angeblich kann er die Wölfe verstehen kennt ihre Sprache und lebt mit ihnen im Wald da oben. Voriges Jahr tauchte er hier hinten auf der Wiese auf. Das ist weit weg von da, wo er wohnt und fragte mich, warum ich seinen Sohn erschossen habe. Das war aber ein Wolf, der Schafe auf der Weide gerissen hatte."

Die Soldaten ließen sich den Weg beschreiben und forderten Hubschrauber an. War mir auch ganz recht so, auf Laufen hatte ich so gar keine Lust mehr. Die angeforderten Hubschrauber kamen nach vierzig Minuten und nahmen uns an Bord und von oben sah man mal wieder das Gebirge der Fagaras mit seinen unterschiedlichen Wetterzonen. Nebel, Schnee und grüne Wälder, beeindruckend und beängstigend zugleich.

Hier zu leben und zu überleben, muss unheimlich hart sein.

Der Flug dauerte etwa zehn Minuten, als wir in einem Tal landeten. Die Soldaten schwärmten aus und sicherten das Gelände.
In etwa fünfhundert Metern Entfernung stand am Waldrand ein altes Haus aus Stein und aus ihm trat ein Mann in alten zerschlissenen Sachen ins Freie. Die Soldaten rückten vor und nahmen den verdutzten Alten fest.
Wir folgten und ich stellte mich ihm vor, sagte ihm, ich sei Polizist und hätte ein paar Fragen. Der Rabbi und Hannah schauten sich im Haus um, die Soldaten taten es in der näheren Umgebung.
Ich fragte, ob er der Herr der Wölfe sei. Er bejahte das, aber seine Wölfe habe er über das Gebirge geschickt, nach Curtea de Arges, hier gibt es zu wenig zu essen und die Bewohner im Dorf wären mit ihm böse, wenn ihre Schafe immer gerissen werden.
Ich schaute mir den Mann genauer an, kaum noch ein Zahn im Mund, die Schuhe aus Schafsleder selber um die Füße gebunden und zerrissene Sachen

am Leib. Er roch wie ein nasser Hund und war bestimmt schon über sechzig Jahre alt. Der war wohl kaum unser gesuchter Mann.

Da hatte ich eine Idee.

Aus meiner Innentasche zog ich das Foto heraus, was wir im Schlafzimmer bei Nicu gefunden hatten und was Onkel Costi zeigen sollte. Er erkannte Costi sofort auf dem Foto, meinte auch gleich es ist Costi. Er sei ein Bruder von ihm. Costi sei der über zwanzig Jahre ältere Bruder.

Der Rabbi schaltete sich ein und sagte mir, ich solle ihm folgendes übersetzen. „War Costi in den vergangenen Tagen hier und wann genau war es? Und ist Cost sein leiblicher Bruder?"

Der alte Mann sagte, Costi käme fast täglich hier vorbei, er sei der Sohn seines Vaters, also sein leiblicher Bruder. Der Rabbi hatte genug gehört und ließ den alten George von den Soldaten mitnehmen.

Ich wandte mich an Hannah, „Was hat denn der Rabbi vor?"

Sie werden den alten Mann nach Bukarest fliegen. Der Rabbi fliegt mit, da werden sie ihn untersuchen. Wenn sie wirklich Brüder sind, dann ist der alte Costi über einhundert Jahre alt und läuft mal ganz locker sechzig Kilometer aus dem Ort Boisoara hierher?

An der Geschichte stimmt etwas nicht. Als der alte Mann zum Hubschrauber geführt wurde, kamen aus den angrenzenden Wäldern Geräusche, die sich anhörten wie Wolfsgeheul.
Ein Soldat rief „Kontakt", und feuerte los. Wir gingen in Deckung und zogen auch unsere Waffen, als ich aus dem Augenwinkel sah, wie sich der alte George blitzschnell von einem Soldaten losriss, ihn zu Fall brachte und mit einer hohen Geschwindigkeit, die ich ihm nie zugetraut hätte, im nahen Wald verschwand.
Die Soldaten begannen, in die Fluchtrichtung zu feuern. Ein Kommando „Feuer einstellen!" wurde gerufen und eine fast schon gespenstische Stille legte sich über die Gegend.
Ein Soldat sprach in ein großes Funkgerät und der Rabbi drehte sich zu uns um und sagte:
„Dachte ich mir doch so etwas."

Ganz ehrlich, wenn ein alter Mann mit ein paar Sprüngen in den Wald flüchtet, dann bin ich gewillt zu sagen, in meiner Ausbildung haben die vergessen, mir etwas zu erzählen.

Der Rabbi wendete sich an mich. „Ion, Sie schauen so, als haben sie einen Geist gesehen! Glauben sie mir, es wird bald vorbei sein.

Ich mache den Job schon eine Weile. Was meinen Sie, was ich da schon alles gesehen habe. Glauben Sie einfach, trauen Sie ihren Augen. Versuchen Sie, nicht zu sagen, es kann nicht sein, weil es nicht sein darf."

Wir gingen zum Hubschrauber zurück, als ohrenbetäubender Lärm die Berge erschütterte. Zwei Kampfflugzeuge flogen niedrig durch die Schluchten und an den Berghängen entlang. Sie suchten mit Wärmebildkameras nach dem Flüchtenden.

„Aussichtslos!" kam bloß vom Rabbi. „In diesem Gebiet wird ihn niemand finden, wenn er es nicht will."

Auf dem Rückflug erklärte mir der Rabbi, was er von der ganzen Sache hält.

„Dass die Zahl sieben hier eine Rolle spielt Ion, haben Sie ja schon bemerkt. Das jemand versucht, mit allen Mitteln am Leben zu bleiben, ja auch! Deswegen die Morde."

Das hatte ich nicht verstanden und sah den Rabbi fragend an.

„Ion, denken Sie nach. Stellen Sie sich etwas vor: Wir sagen es mal so, eine alte Seele ist zu alt und kann sich nicht mehr mit den Beschwörungen, die sonst immer halfen, an das Dasein im Hier und Jetzt klammern. Vielleicht ist sie schon zu alt und muss gehen.

Sie konnte aber ein paar moderne Menschen überzeugen, ein Teil von einem alten Kult zu werden. Das waren ihre Vermissten. Aber es ist etwas schiefgelaufen. Seine Seele konnte trotz Vollziehung eines sehr alten Rituals nicht bleiben, sondern muss in Kürze auch gehen. Aber der Nachfolger der Seele ist noch nicht gefunden, es gibt eine Art Vakanz in der ganzen langen Geschichte der Aufgabe dieser alten Seele, verstehen Sie?"

Nicht wirklich?! Also wollte Jemand oder Etwas sein Leben verlängern und dabei sind unsere Touristen aus Deutschland

201

leider bei Spielchen oder einem flotten Dreier ums Leben gekommen?

Nach meiner Sicht auf die Dinge schaute er mich etwas irritiert an, nahm es aber hin. „So ähnlich Ion, so ähnlich."

Die Kampfflugzeuge haben natürlich keine Wärmebilder von Menschen entdeckt, nur viele wilde Tiere hier im Gebirge. War ja mal wieder so etwas von klar.

Ich wollte meinen Freund Nicu noch einen Besuch abstatten und da es schon dunkel wurde, verschob ich meine Pläne auf morgen. Abendessen und dann ab ins Bett.

Abends im Zimmer mit Hannah nach etwas Kampfkuscheln noch duschen, dann nahm ich mir das alte Buch mit dem Wissen der Familie Schäubener noch einmal vor. Auf zwei Seiten waren der Beginn und das Ende eines Strigoi beschrieben, wie die Formeln zu gebrauchen sind und das Ritual vollzogen werden muss. Es schien aber etwas zu fehlen. Mittendrin befand sich nur ein Hinweis auf eine Seite im hinteren Buchteil auf der etwas auf

Hebräisch stand. Diese Zeichen verstand ich nicht.

Hannah kam aus der Dusche und ich zeigte ihr, was mir aufgefallen war. Sie las es sich durch und kam zu dem Schluss, der Herausgeber des Buches hatte extra in drei verschiedenen Sprachen die Rituale verteilt, um ungebildeten Menschen den Zugang zu dem Buch zu verweigern.

Die Worte, die im rumänischen Text fehlten und aus dem Hebräischen dort hineingesetzt werden mussten, waren die Worte „Junge Frau ohne Geburt."

Also eine Jungfrau oder was? Das traf auf unsere verstorbene Frau Weiß in dem Alter und mit einem Freund wohl kaum noch zu.

Hannah sah es sich noch einmal an. „Nein, sie brauchten nur eine junge Frau, die noch kein Kind geboren hatte. Ob sie Jungfrau war, spielte keine Rolle, aber wofür?"

Ich las die Textzeilen noch einmal. Hannah übersetzte Passagen aus dem Hebräischen ins Englische, so dass ich es ins Rumänische übersetzen konnte und schrieb den ganzen Text der zwei Seiten auf.

Der Inhalt ließ mir das Blut in den Adern gefrieren.

Zur Wiederbelebung einer alten Lebensform muss sich eine junge Frau, die noch kein Kind geboren hatte, auf eine sexuelle Art mit etwas vereinigen, auf das in ihr die Saat gedeihe und die Früchte trägt, auf das sie lange auf dieser Welt wandele.

Wir sahen uns an. „Los schnell anziehen und sag den Anderen Bescheid. Wir müssen zum Krankenhaus in die Pathologie."

Mir kamen die Worte des Oberarztes wieder in den Sinn. Was hatte er gesagt? „Die Toten reisen schnell."

Er hatte nicht nur Recht, sondern wusste wohl schon ein wenig mehr.

Die ganze Truppe war schnell zusammengetrommelt und es ging mit mehreren Fahrzeugen Richtung Krankenhaus. Um diese Zeit gab es nur eine Notbesetzung im Krankenhaus und wir versuchten, einen kompetenten Ansprechpartner zu finden.

Eine Frau mit hochgesteckten, dunklen Haaren kam auf uns zu. Ich fragte nach dem älteren Oberarzt, der hier in der

Nacht gearbeitet hatte, als wir uns die Leiche ansahen.

Sie war erstaunt über meine Behauptung und bat uns in ihr Büro. „Sie meinen doch nicht Doktor Fargas? Er war der einzige ältere Arzt, der hier arbeitete." Sie nahm ein Bild von der Wand des Büros. Sie gab mir das Bild mit Rahmen und ich gab es wortlos an Hannah weiter.

„Doktor Fargas hat uns schon vor einem Jahr verlassen, er war starker Raucher und der Lungenkrebs hat ihn von uns genommen. Ich bin ansonsten die dienstälteste Ärztin hier."

Ich vermied es auszuführen, was wir in der Nacht hier mit Doktor Fargas erlebt hatten und bat um die Erlaubnis, die Leiche der Deutschen sehen zu können.

Wir wurden in die Pathologie geführt und das Schubfach mit der Leiche wurde von der Ärztin aufgezogen.

Sie stand davor und konnte es nicht fassen. Wir allerdings auch nicht, taten jedenfalls so!

„Jemand hat die Leiche geschändet und ihr ein Skalpell ins Herz gestoßen und sie ausgeweidet. Ich rufe die Polizei."

Das brauchte sie ja nicht, da wir mit den Ermittlungen betraut waren. Aber es gab ein Problem. Jemand hatte sich nach uns noch an der Leiche zu schaffen gemacht. Der gesamte Unterleib war geöffnet worden und der Uterus lag frei.

Es war ihr etwas entnommen worden. War sie schwanger und jemand hatte ihr ein totes Kind aus dem Bauch geschnitten?

Hannah zog sich Gummihandschuhe an und untersuchte die Leiche, klappte dabei die Bauchdecke zurück, auf der das eingeritzte Bild zu sehen war.

„Hannah, das ist keine Blume. Das ist eine Weizenähre, das Symbol der Fruchtbarkeit und wird in der rumänischen Kirche manchmal noch verwendet. Warum fällt mir das erst jetzt auf? Das war ein Zeichen, dass sich in ihrem Bauch der Nachfolger von unserem Gesuchten befand, die Saat wurde eingesetzt und beginnt zu keimen und zu gedeihen."

Der Rabbi nickte mir zustimmend zu, „Sie haben nachgedacht Ion, sehr gut."

Unsere Touristin scheint ein Doppelleben geführt zu haben. In der Gothic- oder Gruftiszene wollte sie sich wohl schnell einen Namen machen und probierte es dann an der Basis.

Waren sie nicht im August in Budapest? Vielleicht hatte sie dort schon sexuellen Kontakt mit unserem Gesuchten und ließ sich von ihm schwängern.

Wo war bloß der Fötus abgeblieben?

Unsere israelischen Mitarbeiter versuchten heraus zu bekommen, ob es hier im Haus oder der Umgebung Überwachungskameras gab. Erst an einem Privathaus, gegenüber vom Krankenhaus, wurden sie fündig.

Ein ängstlicher Hausbesitzer hatte eine Kamera Richtung Gartentor installiert, vielleicht hatte sie etwas aus der Richtung vom Krankenhaus aufgenommen.

Sie hatte! Der Hausbesitzer war hilfsbereit und ließ uns den Speicher auslesen. Die Aufnahmen waren qualitativ nicht hochwertig, aber man konnte in der Ferne das Krankenhaus sehen.

Unsere zwei Anzugträger ließen auf ihren Computer ein paar Programme laufen und spielten das Video immer wieder ein, Stück für Stück wurden die Bilder schärfer.

Nach zehn Minuten konnte man mit den Bildern arbeiten.

Laut Zeiterfassung der Kamera war vor drei Stunden ein Mann im grauen Anzug in der Kameraerfassung aufgetaucht. Kurz bevor er die Krankenhaustür öffnete, sah er sich um. Ich erkannte Costi vom Foto aus Nicus Schlafzimmer sofort.

Nach nur acht Minuten entfernte er sich mit einem Paket unter dem Arm wieder. Er war aber nicht alleine auf dem Video der Kamera zu sehen, die Ärztin mit den hochgesteckten, dunklen Haaren hatte ihn zur Tür gebracht und ließ ihn nach der Verabschiedung seiner Wege ziehen.

Also werden wir mit der Frau noch einmal reden müssen.

In ihrem Büro trafen wir sie an und konfrontierten sie mit dem Gesehenen.

Sie schien nicht sonderlich überrascht zu sein, als Mittäterin im Fall eine Rolle zu spielen und äußerte sich so.

„Sie wissen gar nichts. Was wollen Sie überhaupt hier? Das geht nur uns etwas an. Sie verstehen weder, wie wir hier leben, noch dürfen Sie über uns urteilen. Lassen Sie uns in Ruhe, dann wird alles wieder gut.

Schon Ihre Großmutter, Herr Kaiser, hatte nicht verstanden, wie es hier läuft."

Woher kannte sie meine Oma? Was sollte das jetzt?

Ich wurde etwas ungehalten und sagte ihr, sie werde keine Patienten mehr betreuen. Sie ist festgenommen wegen Störung der Totenruhe!

Das ließ sie kalt, ohne Regung nahm sie ihren Mantel und ging mit uns hinaus aus dem Büro.

„Ich war damals Notärztin und hatte Dienst an dem Tag, als ihre Großmutter starb. Ich habe den Totenschein ausgestellt und glauben sie mir, es war kein natürlicher Tod. Auf dem Totenschein stand das aber nicht.

Ist jetzt auch egal, aber seit Sie hier sind, bringen Sie die alte Ordnung durcheinander. Hören Sie auf, sich einzumischen. Noch ist Zeit dafür!"

Hannah packte sie am Arm und zog sie aus der Krankenhaustür.

Mit dem Auto werden wir sie auf das Polizeirevier bringen, sollen die sich mit ihr herumärgern.

So weit kam es nicht. Kurz vor unserem Auto riss sich die Ärztin los und rannte auf die Straße. Sie hatte den Nachtlinienbus nach Arad noch gesehen. Mit hellen Scheinwerfern bog er um die Kurve der Hauptstraße. Der alte Ikarusbus aus ungarischer Herstellung hatte sein Arbeitsleben eigentlich schon hinter sich, tat hier aber mit Klappern und Ächzen seinen Dienst.
Sie warf sich genau vor den Bus und wurde vom linken, vorderen Kotflügel erfasst und zu Fall gebracht. Der linke Vorderreifen erledigte den Rest. Das hässliche Geräusch, als ihr Körper unter dem Rad war, konnte ich genau hören. Trotz der Dunkelheit sah man Flüssigkeit und Fleisch unter dem Bus hervorquellen.
Erst ein paar Meter später kam der Bus mit blockierten Rädern zum Stehen. Der Busfahrer sprang mit erhobenen Händen aus seinem Fahrzeug, schaute unter den Wagen und übergab sich gleich daneben.

Nicht gerade perfekt gelaufen, uns sterben die Verhafteten weg, erst der Priester und nun die Ärztin.

Unsere Leute kamen angelaufen und der Rabbi murmelte ein Sterbegebet. Viel mehr können wir hier nicht mehr tun, leider sind wir aber im Fall auch nicht weiter.

Nach dem üblichen Schreibkram fuhren wir ins Hotel zurück, für diese Nacht reichte es mal wieder.
In der Lobby des Hotels war aber noch Betrieb. Auf uns warteten zwei Männer. Sie übergaben uns einen Brief der rumänischen Regierung.
Darin wurden wir offiziell gebeten, das Land innerhalb von zwei Tagen zu verlassen.
Wir waren zu „Persona non Grata" - zu unerwünschten Personen - erklärt und des Landes verwiesen worden.

Da scheint doch jemand gute Ver-bindungen in die höchsten Kreise zu haben.

Hannah telefonierte noch etwas und ihr Ex-Mann ebenfalls. Beide bestätigten unseren Abzug aus Rumänien.

Übermorgen geht es nach Hause!

Da fühlt man sich schon etwas wie ein geprügelter Hund, aber mir soll es recht sein. Der Fall war so gar nicht nach meinem Geschmack.

Sonst hatte ich es meist mit Waffenschmugglern, Triebtätern oder Serienkillern zu tun. Alles reale Menschen, denen man hinterherjagt und die man dingfest macht, entweder mit einer Kugel zwischen die Augen oder in Handschellen der Justiz übergibt.

Bei diesem Fall jetzt passte nichts zusammen, nur Rückschläge. Einen Täter, der gute Verbindungen zur Regierung hat, schneller ist als wir und aus einer anderen Zeit entsprungen scheint.

Das war hier ja schlimmer als der Fall in Uganda. Da hatte der Täter nur die lokalen Behörden geschmiert, aber nicht die halbe Regierung.

Auf dem Zimmer dachte ich noch einmal angestrengt nach.

„Was haben wir übersehen, Hannah?

Ich werde das Gefühl nicht los, die Lösung liegt vor unserer Nase und wir stellen uns nur zu dumm an.
Vielleicht denken wir einfach zu kompliziert?"

Hannah sah mich an und ich nahm das alte Buch noch einmal zur Hand und blätterte darin. Sie drehte sich zum Fenster herum und fragte: „Welches Datum haben wir heute?"
„Den Achtundzwanzigsten? Warum?"

Sie nahm mir das Buch aus der Hand und blätterte bis zu den hebräischen Zeilen. „Du hast Recht, wir denken zu quer und kompliziert. Morgen ist der Spuk wirklich vorbei. Schau hier, ich konnte mit den Sätzen hier bis jetzt nichts anfangen. Hier steht etwas blumig geschrieben:
-Sieh den Tag des neuen Jahres Rosch ha-Schana.-
Also das ist nicht so einfach erklärt.
Der jüdische Kalender ist anders aufgebaut als der Eure.
Das neue Jahr fängt bei den Juden im Herbst an. Dieser Tag kann nur auf einen Montag, Dienstag, Donnerstag

oder Sonnabend fallen, ist so eine Art sieben Jahres Zyklus.

Dieser Tag verschiebt sich manchmal auch nach hinten in den November.

Jetzt ist wieder so ein Tag, der Rosch ha-Schana fällt mal wieder auf den neunundzwanzigsten November und endet genau da, wo eure Andreasnacht beginnt.

Sie überschneiden sich und da werden die alten Rituale, die in dem Buch beschrieben sind, angewendet und nur da.

In der Nacht erneuert sich hier in der Gegend ein alter Brauch oder sagen wir sogar mal ein altes Wesen. Dazu braucht es einen Nachfolger, der Fötus aus dem Bauch unserer Frau Weiß.

Keine Ahnung, was die da mit dem machen, aber es kann nur so sein. Wir brauchen einfach nur warten, es wird ab Dezember wieder alles ruhig hier wie früher.“

Na gut, von so etwas habe ich nicht wirklich so viel Ahnung, ich will es ihr mal glauben.

Sie ging noch zu den anderen, um ihnen ihre Version näher zu bringen.

Der Rabbi stand mit einem Mal in der Tür meines Zimmers und sagte zu mir, „Ion, ich glaube ihre Großmutter wollte Sie nur beschützen, vor den alten Bräuchen hier und vor etwas, was Ihnen vielleicht damals weh getan hätte.

Der Mann, den sie geheiratet hatte, war nach seinem angeblichen Tod wiedergekommen, wahrscheinlich auch noch, als Sie bei ihr zu Besuch waren. Er wollte Sie vielleicht mitnehmen. Was meinen Sie?"

Ich halte mich mit meiner Meinung mal ein wenig zurück.

Mein Kopf schwirrte. Zu viel unnormales Zeug, was ich in letzter Zeit gehört hatte, das konnte ich nicht mehr in meinem Kopf sortieren, glauben sowieso nicht.

In dieser Nacht schlief ich nicht gut. Zu viel ging mir durch den Kopf und ein merkwürdiger Traum raubte mir den Schlaf.

Mitten in der Nacht wachte ich schweißgebadet wieder auf, Hannah lag ganz ruhig neben mir und schlief den Schlaf der Gerechten.

Ihr schienen diese Vorfälle weit weniger Sorgen zu machen als mir, hatte sie doch erzählt, schon öfter mit solchen Fällen zu tun gehabt zu haben.

Manchmal erinnert man sich an seine Träume noch nach Jahren, manche sind schon nach dem Aufwachen wieder aus der Erinnerung gelöscht.
An diesen Traum kann ich mich an fast jede Einzelheit entsinnen.
Allein im Wald, noch in meinen Kindheitstagen, sah ich mich als Person von oben wie aus einer Kameraperspektive als eine Art Voyeur, der nur schauen darf und nicht eingreifen kann.
Mein Weg führte mich über bekannte Wege zwischen den Bergdörfern. Für Oma hatte ich aus dem Nachbarort etwas aus einem Laden besorgt. An diesen Tag kann ich mich auch noch bis heute erinnern, doch aus meiner Beobachterposition im Traum sah ich hinter Bäumen und Felsen Gestalten stehen, die mich beobachteten.
Als Kind ging ich den Weg unbedarft weiter, frohen Mutes, gleich meiner Oma die Sachen zu bringen. Doch da standen sie, merkwürdige Gestalten und

beobachteten mich als Kind. Als Beobachter aus der weit entfernten oberen Perspektive konnte ich nicht helfen und dem dort laufenden Kind zurufen. Ich wollte schreien, „Pass auf Ion, sieh dich vor, hinter den Bäumen lauern sie dir auf!"

Aber meine Schreie verhallten im Nichts. Keine meiner Warnungen drang an sein Ohr. Er ging, ohne behelligt zu werden, aus dem Wald hinaus und die Gestalten sahen ihm nach und tauchten darauf im Dunkel des Waldes unter.

Aber damit war der Traum noch nicht zu Ende. Ich sah mich als Kind im Haus meiner Großmutter wieder, wie sie mir aus Büchern Geschichten vorlas. Am Fenster gegenüber aber schaute ein finster dreinblickendes Gesicht in die Stube, das Gesicht kannte ich, Costi!

Dann wachte ich schweißgebadet auf.

Was ist daran erlebt und was Fiktion? Die Frage kann ich nicht wirklich be-antworten, nicht mehr nach all dem Erlebten.

Ich lag wach, als es draußen hell wurde, stand auf und sah aus dem Fenster. Es fing an zu schneien, nicht viel, aber ein wenig war schon ein leichter, weiß gepuderter Überzug auf der Landschaft zu sehen. Müde war ich, doch nach dem Frühstück wollte ich kurz vor der Abreise noch einmal zu meinem Freund Nicu fahren. Nach all den vergangenen Jahren hatte ich das Gefühl, dass er mir als einziger Vertrauter in Siebenbürgen geblieben war.

Nach dem Frühstück packten die Anderen und wir machten uns noch einmal auf den Weg nach Boisoara zu Nicu. Die Straßen wurden etwas glatt, denn umso weiter wir ins Gebirge fuhren desto größer wurde auch das Schnee-gestöber. Das Bergdorf lag eingeschneit und friedlich vor uns an den Hängen des Fagaras Gebirges, doch mich überfiel schon wieder so ein merkwürdiges Gefühl.
Der Sohn von Nicu empfing uns freund-lich, aber zurückhaltend, erzählte uns, dass sein Vater schon im neuen Krankenbett geschlafen habe, dass das Schlafzimmer frisch gestrichen war und ein Arzt Medikamente für ihn dagelassen hätte. Das waren doch schon einmal

gute Nachrichten, wenigstens ein wenig konnten wir hier helfen.

Die sonst übliche Geste zum Eintreten ins Haus blieb jedoch aus. Ich drückte mich an Nicus Sohn vorbei ins Haus hinein. Seine Frau wollte mich noch aufhalten, doch ich war stärker und drängte mich vorbei.

Die Tür von Nicus Schlafzimmer war geschlossen und nach dem Öffnen der Tür war außer Dunkelheit nichts zu sehen. Der Lichtschalter war außer Funktion und ich zückte mein Handy, um mit der eingebauten Taschenlampe ein wenig Licht ins Innere zu bringen.

Die Bettdecke des neuen Krankenbettes war zurückgeschlagen und das Bett war leer. Ich drehte mich um und fragte, was das soll? Sein Sohn senkte den Kopf und sah auf den Boden. „Mein Vater ist verschwunden, wir hörten heute Nacht Geräusche und ich bin dann aufgestanden. Alle Türen waren auf und mein Vater war weg. Ich denke, der Dumnul Lupilor hat ihn geholt."

Na klar und Schneewittchen hat was mit den Sieben Zwergen gleich hinter dem Haus. Was denkt der sich denn? Mir ist es einfach nicht eingefallen, mir mal die

Füße von Nicu anzusehen. Wenn er schon so lange im Bett lag und sich nicht rühren konnte, müssten eigentlich seine Muskeln verkümmert sein. Seine Arme waren, als ich ihn berührte, immer noch gut trainiert. Warum ist mir das nicht aufgefallen? Hatte mich doch das Wiedersehen sentimental gemacht und der Anschein eines Krüppels die Wahrheit gut kaschiert?

Ich zückte mein Handy und rief die Anderen im Hotel an. Die hiesige Polizei hatte ja ihre Mithilfe für uns ab sofort eingestellt.

Der Rabbi hatte eine gute Idee, wir sollten uns in einer Stunde am Friedhof der Kirche treffen, wo eigentlich meine Oma liegen sollte. Er fragte mich, ob ich das alte Buch mitgenommen hatte. Na klar, sicher verstaut in meiner Jackentasche.

Liviu, der Sohn von Nicu, sah mich an und sagte: „Entschuldigung, wir wollten Sie nicht anlügen, aber es ging nicht anders. Vater kam damals mit schweren Verletzungen aus dem Wald. Er hatte sich danach komplett verändert. Er ging nur nachts aus dem Haus und traf sich mit jemanden im Wald. Ich bin ihm einmal gefolgt und habe sie im Wald gesehen. Sie töten Menschen! Was sollte ich denn tun, er ist mein Vater?

Er muss mich damals beim Spionieren auch gesehen haben. Als er zurück kam, sagte er mir, falls ich ihm jemals noch einmal folgen würde, tötet er meine Frau.

Er kann sprechen, laufen, alles einfach, aber seine Güte von früher hat er verloren.``

Ich nickte ihm zu und verschwand mit Hannah. Der Schneefall wurde stärker und behinderte schon die Sicht und der sonst so kurze Weg ins Dorf meiner Großmutter wurde selbst für ein modernes Fahrzeug zur Tortour. Meine Fahrkunst und die elektronischen Helferlein im Auto hatten alle Mühe, um uns auf Kurs zu halten.

Als die Ortsmitte erreicht war, parkten wir an der Kirche und blieben im Wagen sitzen. Die Heizung hatte zu tun, den fallenden Schnee auf den Autoscheiben zum Schmelzen zu bekommen und wir warteten auf die Anderen.

Im Schneegestöber sah ich mit einem Mal Umrisse von Menschen auf uns zukommen. „Hannah, schau mal, da kommt was auf uns zu."

Sie zog ihre Waffe und meinte nur, „Jetzt wird es ernst!"

Eine Heugabel zertrümmerte die Frontscheibe und ein anderer Gegenstand traf das Dach vom Mietwagen. Um das Auto standen Männer in dicken Jacken und mit Hüten und schlugen immer wieder auf das Auto ein und riefen etwas. Ich verstand nur, wir sollen verschwinden, sonst töten sie uns.

Hannah hob ihre Waffe und schoss einfach durch die schon gesplitterte Frontscheibe. Vor dem Wagen hatte sie einen Mann an der Schulter erwischt, er taumelte rückwärts und fiel in den Schnee. Die anderen waren gewarnt und zogen sich ein paar Meter zurück.

Wir öffneten die Türen und versuchten, die umstehenden Männer in Schach zu halten. Der angeschossene Mann wurde von zwei Leuten aufgehoben und außer Sicht gebracht, nur ein paar Meter weiter verschluckte sie das Schneetreiben.

Ich redete mit den Angreifern.

„Der Nächste bekommt die Kugel in den Kopf, das garantiere ich euch!"

Sie wichen weiter zurück und waren bei dem Schneefall kaum noch zu sehen, als eine laute Stimme zu hören war.

„Was soll das Ion, du warst doch mal einer von uns. Du kennst unsere Bräuche und trittst sie jetzt mit Füßen, was ist nur aus dir geworden!"

Die Stimme kannte ich, zwar war sie älter geworden, aber ich konnte sie genau identifizieren, Nicu!

„Nicu, du kannst dich noch stellen, noch kann ich was für dich tun, mach es nicht noch schlimmer! Verstärkung ist auf dem Weg und die haben weniger Verständnis als ich."

Außer dem leisen Schneefall war nichts zu hören, fast schon beängstigend diese Ruhe.

Hannah stand mit mir Rücken an Rücken und wir sicherten uns gegenseitig. Fast schon gespenstisch, Schneefall, null Sicht und keine Hilfe von Außen.

Aus dem Nichts kam ein schwarzer Schatten auf uns zu gesprungen und ich feuerte dreimal. Neben mir auf der rechten Seite schlug ein Körper auf.

Hannah sah sich um und vor uns lag ein toter Wolf. Wo kam der denn her?

„Komm Ion, wir müssen versuchen, uns in der Kirche zu verbarrikadieren, bis der Rest von uns hier ankommt."

Sie zog mich Richtung Kirche, die aus dem Weiß der Landschaft auftauchte, aber die Eingangstür war abgeschlossen, Hannah feuerte auf das Schloss und die Tür gab nach.

Endlich konnte man sich dem Schnee entziehen. Vor der Tür blieb es noch ruhig und wir zogen eine Kirchenbank innen vor die Tür. Zeit zum Ausruhen haben wir nicht, sie werden wieder zurück kommen und bringen bestimmt noch mehr Verstärkung mit.

Hannah sah nach unserer Munition, viel war es nicht, pro Schütze zwei Magazine. Aus den ersten hatten wir schon ein paar Schuss abgegeben und sollten unsere restliche Munition unbedingt aufsparen, wer weiß was noch alles auf uns zu kommt.

Hannah sah sich in der Kirche um und stellte mit Bedauern fest, es fehle uns an ausreichenden Fluchtmöglichkeiten. Nur eine kleine, verschlossene Seitentür, die mit einen Kerzenregal verstellt war, hätte uns aus der Misere helfen können.

Die Fenster waren fast unerreichbar in drei Meter Höhe und zum Öffnen schienen sie nicht zu taugen. Alte Szenen, die aus bunten Glassplittern zusammengesetzt waren, wollte man ja auch nicht unbedingt zerstören.

Per Telefon war kein Netz nach außen mehr erreichbar, entweder der viele Schnee oder die Kirche blockierte den Empfang.

An der großen Kirchentür versuchte jemand von außen ins Innere zu gelangen, die Türklinke wurde immer wieder gedrückt und sich gegen die Holztür geworfen. Noch hielt die Kirchenbank, noch waren wir sicher, aber wie weit gehen die Männer, um zu uns zu gelangen. Was war so wichtig für sie, sich mit uns anzulegen?

Die alten Bräuche sind zwar Teil ihrer Kultur, doch es berechtigt nicht den Mord an Menschen gut zu heißen und ihn noch aktiv zu unterstützen.

Viel Zeit zum Nachdenken blieb uns nicht. Durch ein Kirchenfenster flog ein großer Holzscheit und zertrümmerte die alte Scheibe mit den kirchlichen Darstellungen. Wind und Schnee zogen ins Kircheninnere, kleine Flocken tanzten um die Kirchenbänke und gaben der Situation einen fast feierlichen Eindruck.

Wozu das Loch im Fenster dienen sollte, erfuhren wir gleich danach.

Eine brennende Fackel, die man vorher in Teer getaucht hatte, flog drehend auf uns zu und landete auf den hölzernen Kirchenbänken. Das Teer hatte die blöde Angewohnheit, beim Aufprall auf die Bänke in alle Richtungen zu spritzen und mit den brennenden Spritzern auch noch das benachbarte Holz von Bänken und Wandtäfelungen in Brand zu setzen. Meine Idee, die Fackel auszutreten, war auch nicht einer meiner besten Geistesblitze. Ich hatte mehr Probleme, meinen Schuh zu retten, als dass ich das Feuer unter Kontrolle bekommen hätte.

Mehrere Fackeln folgten und der Brand breitete sich schneller aus, als uns lieb war. Rauch erschwerte schon das Atmen und ich zog Hannah zur Seitentür. Das Regal mit den Kerzen kippten wir auf den Boden des Kirchenschiffs. Mit zwei Schuss aus meiner Pistole überredete ich das Türschloss, uns doch den Durchgang zu ermöglichen.

Der Sog, der durch das Öffnen der Tür entstand, fachte das Feuer umso mehr an und griff rasend schnell im trockenen Gebälk um sich.

Draußen tobte sich die weiße Pracht immer noch ungebremst aus. Für Wintersportler mag es da Grund zur Freude geben, bei mir hält sich da meine positive Stimmung arg in Grenzen.

Von den Schüssen angelockt, ließen es sich unsere Kontrahenten nicht nehmen, uns an der Seite der Kirche weiter zu attackieren. Mit Schleudern schienen sie Steine auf uns abzufeuern, einer traf Hannah am Kopf und sie schrie auf, ein kleines Rinnsal Blut ran ihr von der Stirn. Jetzt reicht es, ich zielte, so gut es mit der Sicht ging, auf die im Schneegestöber stehenden Gestalten. Diesmal machte ich Ernst. Mit möglichst wenig Schuss die maximale Trefferquote zu erzielen, habe ich schließlich mal bei der Polizeischule gelernt.

Die Finger waren kalt und steif, das Zielen fiel mir schwer, doch ich musste uns aus der Situation hier rausholen. In etwa zehn Meter Entfernung tauchten

Schatten vor mir auf und ich zielte auf den Kopf, drückte ab und vor mir sank einer der Schatten zu Boden. Nummer zwei tat es ihm gleich, nachdem ich wiederum abgedrückt hatte.

Hannah drückte ich an mich und zog sie weg von den Außenwänden der Kirche, denn von oben prasselte ein Funkenregen auf uns nieder. Das Dach hatte wohl jetzt Feuer gefangen und schien bald nachzugeben.

Mir kam der Friedhof in den Sinn, der nach ein paar Metern hinter dem Kirchenturm begann. Da gab es den alten Baum und einen Weg hinauf auf den Hügel. Darüber müsste eine Flucht möglich sein.

Die Wunde an Hannahs Kopf blutete mehr als vorhin und sie schien Schwierigkeiten mit dem Gleichgewicht zu haben. Etwas taumelnd hatte ich sie unter den linken Arm gefasst und stützte sie beim Laufen.

Der alte knorrige Baum an Omas Grab kam in Sicht, er kam mir noch nie so unheimlich vor wie jetzt, doch darüber nachzudenken hatte ich keine Zeit.

Mich traf eine Schippe auf den Rücken und ich fiel hin, riss dabei Hannah mit von den Beinen. Meine Pistole, die ich in der anderen Hand hielt, war mir aus der Hand gerutscht und landete im weißen Kleid von Mutter Natur.

Ich drehte mich um und sah Nicu vor mir stehen. „Du hättest nicht mehr nach Rumänien zurückkommen sollen Ion. Ich tue das jetzt nicht gerne, das kannst du mir glauben!" und hob die Schippe hoch und wollte zuschlagen.

Ein Schuss riss Nicu von den Beinen, Hannah hatte ihre Pistole noch fest in der Hand gehabt und drückte ab. Nicu fiel nach hinten über und war nicht mehr zu sehen. Wo war er abgeblieben? Ich half Hannah auf die Beine und sah nach. Die geöffneten Gräber der exhumierten Leichen waren noch nicht wieder geschlossen worden, die Leichen hatte man nach Bukarest in die Haupt- pathologie gebracht und die Gruben noch offen gelassen.

Das Grab meiner Großmutter schien ab jetzt einen neuen Besitzer zu haben. Nicu lag etwas gekrümmt und verdreht im offenen Grab. Hannah hatte ihm gekonnt in den Kopf geschossen und die Sache beendet.

Leider waren von den Verrückten ja noch mehr unterwegs und wir traten die Flucht an. Der Schneefall machte es Gott sei Dank unseren Verfolgern auch schwer, etwas sehen zu können und das verschaffte uns hoffentlich etwas Zeit.

Über den Friedhof ging es den kleinen Hügel hinauf. Laufen fiel uns schwer, da man schon fast Tiefschnee zu dem ganzen Weiß sagen konnte. Dazu diese Kälte und unsere etwas zu leichte Bekleidung. Meine Schuhe waren schon so durchgeweicht, dass ich weder meine Zehen noch Knöchel spüren konnte.
Egal, wir mussten weiter, nur wohin? Mein Gefühl sagte mir Richtung Hauptstraße nach Herrmannstadt. Die war weit weg, aber über den Hügel konnte ich damals als Kind den Weg immer abkürzen. Damals aber bei besserem Wetter.
Einen Versuch war es wert. Unter einer Tanne verschnauften wir kurz und ich versuchte, mit dem Telefon bei unserer Verstärkung anzurufen. Leider war das Mobilnetz immer noch nicht verfügbar, der Schnee wollte wohl keine Signale durchlassen.

Also weiter! Nach meinen Erinnerungen war der Hügel vom Dorf her recht flach, angrenzende Wiesen, auf denen im Sommer Schafe weideten, zogen sich bis zu einem kleinen Bach hinter den Hügel. Dieser war die Grenze zwischen Dorf und Wald. Oft hatte ich dort gespielt oder Krebse gefangen, die Oma dann für uns kochte.

Vom Bach zu Omas Grundstück war es ein Katzensprung. Am Stall, wo die Ziege von Oma damals lebte, konnte ich den Bach sogar hören.

Heute war nur Stille in der Luft und das leise Geräusch vom immer stärker werdenden, fallenden Schnee. Ich fragte leise: „Geht's bei dir einigermaßen?"

Das Blut an der Stirn war schon geronnen, hatte sich aber mit dem Schnee, der auf der Haut geschmolzen war, vermischt und bedeckte das halbe Gesicht von ihr.

„Geht schon, mir ist bloß etwas schwindelig. Wo willst du denn hin? Hier geht's doch immer tiefer ins Gebirge."

Ich erklärte ihr meinen Plan.

Begeistert war sie nicht, in der Kälte durch den Tiefschnee zu stapfen. Lieber wollte sie ins Dorf zurück und die letzten

Patronen gut an den Mann bringen. Ich riet ihr davon ab, die Platzwunde am Kopf hatte sie wohl doch stärker erwischt.

Der Schnee ging mir jetzt schon fast bis zum Unterschenkel. Wahnsinn, was hier für Massen mit einem Mal runterkommen, als wir eingehakt plötzlich mit den Armen nach unten fielen. Die Füße im kalten Wasser und den Schnee jetzt bis zum Po.

„Ion, gut gemacht, du hast uns in einen Bach geführt, Glückwunsch!"

Damit war aber meine Wegplanung gar nicht so schlecht. Im Bach hatten wir zwar nasse Füße, kamen aber dort weitaus schneller voran.

„Wie lange willst du noch in dem Bach laufen, mir sterben schon die Füße ab, von der Blasenentzündung nach zwei Tagen mal ganz zu schweigen?"

Hannah war wohl etwas ungehalten und war mit der Gesamtsituation nicht ganz zufrieden.

„Vertrau mir, ich kenn den Weg!"

Den Weg kannte ich schon, aber nicht die Entfernung. Es war auch schon ein paar Jahrzehnte her, als ich das letzte

Mal hier war. Der Bach wurde in der Fließgeschwindigkeit schneller, ein gutes Zeichen. Damit war mir klar, ich war richtig hier, jetzt müssen wir bloß noch aus dem Bach raus und durch den kleinen Tannenwald. In etwa zwei Kilometern kommt die Straße nach Herrmannstadt. Da werden wir ja wohl einen netteren Einheimischen finden, der uns mitnehmen kann.

Kurz nach dem Verlassen des Baches tauchte ein Bretterzaun vor uns auf, fast so wie der an Omas Grundstück.
Ich hatte für Hannah ein paar schlechte Nachrichten. Es war der Zaun vom Grundstück meiner Oma! Ich hatte den Bach auf der falschen Seite verlassen, Richtung Dorf und nicht Richtung Wald. Wenn man aber auch nichts sehen konnte bei dem Sauwetter!
Außerdem waren aus der Richtung des Dorfes Stimmen zu hören, bis jetzt war nicht klar, ob sie näher kamen.
Hannah sah mich strafend an. „Erinnere mich bitte, dass wir niemals einen gemeinsamen Einsatz in einer Wüste annehmen, mit dir zusammen verdursten wir auf jeden Fall.‟

Am Zaun entlang tasteten wir uns zur Gartenpforte und ich versuchte, diese aufzudrücken. Durch die Schneemassen war sie nun endgültig blockiert und so blieb uns keine andere Wahl, als über den morschen Holzzaun zu klettern. Die Holzlatten spielten unser Spielchen nicht mit, sondern brachen schon bei kleiner Berührung ab. Wie Kinder schlüpften wir durch den Zaun und bis zum Haus war es nicht mehr weit. Wenigstens bis es aufgehört hat, so stark zu schneien, wollten wir uns hier im alten Holzhaus von Oma kurz aufhalten, dann versuchen wir später, über den Bach auf die andere Seite zu kommen und Richtung Straße zu gelangen.

Im Haus empfing uns wieder dieser alte Geruch von damals, der eine innere Fensterladen lag noch auf dem Boden und so kam etwas Licht ins Haus.

„Ich weiß nicht, ob sie uns hier entdecken. Lange können wir nicht mehr hierbleiben. Erstmal müssen wir die Schuhe ausziehen, alles ist nass und kalt. Sonst holen wir uns sonst noch was weg. Feuer machen geht auch nicht. Ob der alte Ofen da noch geht und der Schonstein noch zieht, weiß man auch nicht und der Qualm lockt dann sowieso bloß alle an.“

Hannah hatte Recht und ich suchte fieberhaft nach etwas, was uns wärmte. Das alte Bett von Oma stand noch da, die Bettwäsche sah ja nicht mehr ganz so gut aus, aber als ich die Bettdecke hoch nahm, zerfiel mir die Bettwäsche in der Hand. Das Innenbett hatte da schon mehr Qualität zu bieten und ich legte die Bettdecke auf unsere Füße. An der Holzwand angelehnt kam etwas Wärme zurück in die Beine, das Blut zirkulierte wieder besser und meine Zehen konnte ich bald wieder bewegen.

Wir machten Inventur: Neun Schuss Munition gab es noch, ein Feuerzeug, zwei Kaugummis, einen alten, klebrigen Bonbon, das alte Buch und die Dienstausweise. Nicht sehr viel, um mitten im Winter durch Transsilvanien zu kommen und dazu noch mit den vielen nassen Sachen.

Hannah sah sich in der Hütte um, ihr Blick blieb am alten Teppich auf dem Boden hängen. „Sag mal, ist da ein Keller unter dem Teppich?“

Stimmt, der war mir fast entfallen, eine Eisenklappe konnte man öffnen und in den kleinen Kellerraum steigen, wo früher die Lebensmittel aufbewahrt wurden, die im Sommer nicht so viel Hitze vertrugen.

Ich stand auf, nahm den staubigen Teppich beiseite und zog am Griff der Eisenklappe. Ein muffiger Geruch von abgestandener Luft kam mir entgegen, mein Handy nutzte ich mal wieder als Taschenlampe und leuchtete mal hinunter.

„Alles voll mit Töpfen und alten Blechdosen, teilweise stehen da noch Gläser mit altem Eingeweckten."

Stimmt ja, Oma hatte damals alles eingeweckt. „Ob das noch genießbar ist?" Hannah schüttelte den Kopf. „Nein lass sein, teilweise bilden sich nach Jahren giftige Stoffe in den Gläser, die dir nicht gut bekommen würden."

Ich stieg trotzdem vorsichtig die steile Metalltreppe hinab und sah mich um. Selbst damals war ich kaum unten, fand den Raum zu gruselig. Licht gab es hier keins und Oma sagte immer, da unten lebe vielleicht ein Troll. Wenn das alte Holzhaus mal wieder knarrte, dann war ihr Lieblingsspruch: „Ah, der Herr Troll ist wieder am Werk."

Heutzutage glaube ich nicht mehr an Trolle, na ja an andere Dinge und Sachen vielleicht nach dem Erlebten, aber nicht an Trolle.

Außer verdorbenen Lebensmitteln und mumifizierter Wurst war auch nichts weiter zu sehen. Ein Glas mit Eingewecktem sah merkwürdig aus und ich nahm es mit nach oben.

„Schau mal Hannah, was ist das mal gewesen? Sieht nicht nach eingeweckten Früchten aus, oder?"

Sie schaute sich das Glas genau an und stellte es hin. „Das ist ein eingewecktes, menschliches Herz!"

Ich konnte es nicht glauben, meine Oma weckt doch keine Herzen ein, vielleicht war es das von der Ziege oder einem Schaf.

„Schau hier Ion, das da unten ist die untere Hohlvene, da die Herzkammern und die Aorta oben. Deine Oma war schon ein wenig schräg oder?"

Das mag wohl stimmen, mit so einem Fund hätte ich hier nicht gerechnet. Aber woher kommt das Herz oder besser gefragt, wem gehörte es?

Sollte mir jetzt auch egal sein, momentan gibt es wirklich wichtigere Dingen in unserer Situation.

Mit dem Handy war immer noch nicht mehr anzufangen, kein Empfang weiterhin und der verbleibende Akkuladezustand machte es einem auch nicht leichter, auf fröhliche Gedanken zu kommen.

Eine gute Nachricht gab es, draußen schneite es kaum noch und durch das etwas schmutzige Fenster konnte man schon wieder bis hinter den Gartenzaun sehen.

Es wurde also Zeit, unsere nassen Schuhe anzuziehen und uns auf den Weg zu machen. Viel Zeit blieb nicht mehr, in zwei Stunden wird es dunkel und dann sollten wir die Straße erreicht haben.

In nasse Schuhe zu steigen, ist etwas widerwärtiges, die mühsam aufgetauten Füße waren im Nu wieder kalt und nass und wollten sich so gar nicht auf einen Fußmarsch freuen.

Durch einen Spalt der geöffneten Haustür sahen wir hinaus. Die Sicht war schon besser als erwartet und von Ferne war die Rauchsäule der Kirche noch zu sehen.

Da werden die Dorfbewohner nicht begeistert sein über die abgefackelte Kirche. Aber auch egal, war ja auch kein Priester mehr da.

Vom Holzhaus zu unserem Durchschlupf am Zaun war es nicht weit, als ein Pfiff zu hören war und in nächster Sekunde zwei Gestalten vor dem Gartentor auftauchten.

Einer mit einem Dreschflegel bewaffnet, der andere mit einem alten großen Messer. Sie stießen wahre Schimpfkanonaden gegen uns aus, blieben aber auf der anderen Seite des Zaunes stehen.

Warum kamen sie nicht zu uns, die alten Holzbretter waren kein Hindernis, aber sie standen vor dem Zaun und machten ein Geschrei für Zehn.

Hinter ihnen tauchte jemand auf, den wir kannten, Milan der Säufer.

Er stürmte auf die beiden Gestalten zu und rief noch: „Sie kommen nicht zu dir rein, verstehst du? Sie können nicht!"

In diesem Moment stach die dunkle Gestalt mit dem Messer dem heranstürmenden Milan mit einem Stoß die

Waffe in den Hals. Blut spritzte in alle Richtungen und wir hörten nur noch den Aufprall seines Körpers auf dem Schnee.
Ich konnte Milan nicht mehr helfen.
Was meinte er damit?
Warum können sie nicht zu uns kommen? Warum sind die ganzen Jahre keine Menschen auf das Grundstück gekommen, außer Milan, der sich ab und zu ein wenig Obst von den Bäumen holte?
Mir wurde etwas klar, ein Spruch meiner Oma fiel mir wieder ein. „Ion, deine wahren Freunde sind manchmal nicht die, die du dir wünschst."
Ich wusste, dass meine Oma den Nachbarsjungen Milan oft unterstützt hatte, ihm Essen gab, wenn es mal wieder nichts zu Hause gab. Vielleicht war er mehr mein Freund als es Nicu je war?

Hannah nahm die Waffe hoch und feuerte einmal auf den Messerstecher. Das Projektil durchschlug seine Schulter mühelos und der Mann wurde von den Beinen gerissen.
Hannah zog mich Richtung Gartenzaun und versuchte den anderen Mann, der

vor dem Gartenzaun stand, zu uns zu locken. Dieser machte aber keine Anstalten, über die Gartengrenze zu gelangen.

Es schien ihn irgendetwas abzuschrecken oder zurückzuhalten. Er blieb dort stehen und sah uns nur ablehnend und feindselig an. Neben ihm lag der Angeschossene im Schnee und hielt sich schmerzerfüllt die Schulter. Milan lag in einer großen Blutlache mit weit aufgerissenen Augen und war tot.

Beide Angreifer hatte ich noch nie gesehen, entweder waren es gekaufte Schläger aus der Umgebung oder wirklich Dorfbewohner.

Unsere Situation verbesserte sich nicht wirklich, da der Schuss weitere Männer anlockte, die auf unseren Standort zusteuerten.

Hannah sah mich fragend an. „Soll ich schießen? Eine Kugel würde uns fehlen, es reicht nicht ganz und treffen müsste ich sie natürlich auch noch."

Ich hielt sie zurück und zog sie am Arm zurück Richtung Haus, mein Handy kam mir wieder in den Sinn.

Ich nahm es aus der Tasche und versuchte zu wählen, endlich war wieder

Empfang über das Mobilfunknetz. Ich wählte die Telefonnummer von Hannahs Ex-Mann und hielt mir das Handy ans Ohr.

Es klingelte am anderen Ende. „Hallo, hörst du mich Avi?" Dann piepste mein Handy kurz und schaltete sich ab, der Akku war nun völlig entladen.

Manchmal läuft meine Glückssträhne wirklich gut.

Vor dem Gartenzaun hatte sich die wilde Horde versammelt und machte einen Heidenlärm. Einige Bretter fielen schon vom morschen Gerüst des Zaunes ab, trotzdem blieben sie an der Grundstücksgrenze stehen.

Die Lage blieb über eine lange Zeit unverändert. Mir fehlten wirklich ein paar gute Pläne zur Flucht von hier, als die Dämmerung einsetzte und sich Nebel aus den Bergen in den Tälern ausbreitete.

Die Angreifer zogen sich mit einem Mal zurück, verschwanden Richtung Dorf und benachbarte Wiesen. Den toten Milan zogen sie an einem Bein über den Schnee mit hinfort. Nur eine rote Blutspur zog sich Richtung Dorf.

„Was soll das denn jetzt? Ion, lass uns lieber ins Haus gehen, hier stimmt was nicht. Entweder holen die Verstärkung oder hecken einen neuen Plan aus."

Eine Flucht über den Bach und den Wald im Dunkeln ist auch nicht ratsam. Ohne Licht und genauem Weg wird es schwierig, dort die Nacht zu überleben.

Die Dunkelheit kam schnell und aus Richtung des Waldes war deutlich das Heulen eines Wolfes zu hören.

Im Haus war es schon sicherer. Wir verbarrikadierten die Tür so gut es ging und setzen uns auf den Boden. Die Holzstühle in der Stube waren nicht mehr als Sitzgelegenheit zu gebrauchen, da hatte wohl der Holzwurm schon etwas dran genagt.

Müdigkeit machte sich bei mir breit und mein Magen knurrte schon wolfsähnlich. Solche Situationen hasse ich wie die Pest. Kein Weiterkommen, Hunger und Kälte gleichzeitig.

Das Einwegglas mit dem Herz stand noch auf dem Boden neben uns. Mich fröstelte, wenn ich es ansah, es konnten aber vielleicht auch die kalten Füße sein.

Von draußen war weiterhin das Geheul von Wölfen zu hören, hier nichts

Ungewöhnliches in den Gebieten. Die Biester waren im Winter so hungrig und dreist, dass sie selbst nicht vor Ställen mit Vieh in der Nähe von Menschen halt machten und darin ihr Essen suchten.

Das eine Fenster, durch das wir vorhin schon nach außen schauten und wo kein Fensterladen im Inneren mehr an der Wand war, nutzte ich, um in das Dunkel der Nacht zu sehen. Dunkel ohne Ende draußen. Hier drin hatte ich wenigstens mit dem mir verbliebenen Feuerzeug einen alten Kerzenstumpf angezündet, der gemütliches Licht in der Stube verbreitete.

Ob uns die Israelis schon suchten? Eigentlich wollten sie ja längst hier sein, aber bei dem Schnee kommt man nicht so einfach durch. Bis hier ein Schneepflug die Straßen frei geräumt hat, dauert es sicher.

Mir gingen Gedanken durch den Kopf, ob wir es hier wirklich raus schaffen würden. So einen Zustand hatte ich noch nie erlebt. Meist waren Kollegen aus der Dienststelle dabei und wir schlugen uns gemeinsam mit Gewalt durch.

Hier war die Lage anders. Der Gegner war nicht so leicht einzuschätzen, geschweige denn greifbar und meine Urlaubsliege am Strand vom Roten Meer war bestimmt auch schon von einem anderen belegt.

Schon der Gedanke an meinen verpassten Urlaub hob meinen Blutdruck an. Solche Fälle von meinem Chef aufs Auge gedrückt zu bekommen, werde ich beim nächsten Mal zu verhindern wissen.

Am Haus war ein Geräusch zu hören und ich sah Hannah an. Sie kontrollierte noch einmal ihre Waffe und hob den Daumen. Ich sah vorsichtig aus dem Fenster und erschrak mich fürchterlich. Von außen sah mich Costi durch die Scheibe an, sein Gesicht war nur etwa fünfzig Zentimeter von meinem entfernt und der Schein der Kerze machte es noch furchteinflössender. Ein hässliches Grinsen überzog das faltige Gesicht, die Haut war grau und fahl und seine Zähne meist schon ausgefallen. Ich zog mich sofort zurück und löschte die Kerze.

„Costi ist draußen! Hannah du musst schießen!" Aber wohin? Um das Haus waren weitere Geräusche zu hören und Hannah tastete nach meiner Hand und drückte mich hinter sie.

„Du musst die Kerze wieder anzünden und auf das Fensterbrett stellen, wenn ich dann was draußen am Fenster sehe, drücke ich ab."

Ich tat wie mir aufgetragen und ging wieder in Deckung hinter Hannah. Draußen schien mehr los zu sein, unterschiedliche Geräusche drangen zu uns hinein, doch der Verursacher wollte wohl nicht direkt am Haus sein Werk tun.

Der Kerzenstummel war nicht mehr lange zu gebrauchen, höchstens noch zehn Minuten wird die Flamme an sein, was dann?

Die Frage erübrigte sich, am Fenster tauchte der Kopf von Costi wieder auf und Hannah drückte ab und der Schuss zeriss die Stille der Nacht, die Scheibe splitterte und die Kerze fiel auf den Boden und ging aus.

Von draußen war aber nichts zu hören, kein Hinweis, ob sie getroffen hatte oder nicht. Nur durch das zerstörte Fenster drang Kälte und Schnee ins Innere. Mehr spürte man nicht. Ich tastete nach der Kerze und fand sie kurz vor der Holzwand. Mit klammen Fingern versuchte ich mit dem Feuerzeug den Stummel wieder an zu bekommen und es gelang mir. Hannah gab mir Deckung und ich versuchte aus dem Fenster in den Hof zu sehen. Costi war nicht zu sehen, aber eine Blutspur im Schnee vor dem Fenster.

„Du hast ihn getroffen, da ist Blut auf dem Schnee!"

Ich löschte das Licht wieder und kauerte mich zu Hannah an die Wand. Wie lange wir da so eng aneinander gekuschelt saßen, wusste ich nicht mehr, mehrere Stunden schienen vergangen zu sein. Dann aber schreckte ich auf, war kurz eingeschlafen und musste mich im Dunkel der Nacht erstmal zu recht finden. Ich hörte neben mir bloß ein leises, „Psst, da draußen tut sich was." Wenn es bloß nicht so dunkel wäre. Nur mit den Ohren musste man versuchen, die Lage einzuschätzen und zu re-agieren. Nichts für mich, ich brauche alle meine Sinne, um effizient Handeln zu können.

„Mach die Kerze noch mal an und stell sie da drüben auf den Holzsims vom Bett."

Viel war vom Kerzenwachs und Docht nicht mehr da, aber ich schaffte es, sie noch einmal zum Brennen zu bringen.

Mit der Waffe im Anschlag Richtung Fenster zielend, saßen wir etwa zwei Minuten da, als nach einem Geräusch ein Schatten ins Fenster springen wollte. Hannah drückte einmal ab.

Im Fenster steckte ein Wolf fest, der im Kopf getroffen war und noch zuckte. Blut von ihm tropfte in die Stube und seine Lebensgeister verließen ihn. Was für riesige Zähne so ein Tier hat. Schade um ihn, er hing mit dem Kopf und einer Pfote eingeklemmt im Fensterrahmen.

Doch von außen schien etwas an ihm zu ziehen. Sein Körper wurde aus dem Fensterrahmen nach draußen gezogen und schien ihn draußen zu zerfleischen.

Ich griff mir den Kerzenstummel und hob ihn etwas in Richtung offenes Fenster. Im leichten Schein der Kerzenflamme sah ich viele Wölfe, die sich auf ihr totes Rudelmitglied warfen und große Stücke aus ihm herausrissen.

Ich zog mich schnell zurück. Diese Biester hatten eine Wucht und Kraft am Leib, so etwas habe ich noch nie gesehen.

Lange dauerte es nicht mehr, bis die anderen Tiere begriffen, dass es im Haus noch Nachtisch gab und zwar uns.

Ein Wolf sprang an der Wand hoch und schaute zu uns herein. Wieder schoss Hannah, verfehlte ihn aber und er kam zurück. Beim zweiten Sprung erwischte sie ihn und mit einem Jaulen fiel er zurück in den Hof. Die restlichen Tiere schienen in einen Blutrausch zu verfallen. Die Geräuschkulisse von draußen war unverkennbar.

Die Vielzahl von Tieren machte es uns unmöglich, die Stellung hier noch lange zu halten. Das nächste Tier setzte an und sprang, wieder ein Schuss, aber daneben.

Der Verschluss ihrer Waffe blieb auf, es war für uns das sichere Zeichen, keine Patronen mehr im Magazin. Doch die Tiere probierten es immer wieder.

Ich schnappte mir das Glas mit dem eingeweckten Herzen und schleuderte es durch das Fenster auf den Kopf eines der Tiere. Der Inhalt ergoss sich über den Schnee und im letzten Licht der Kerze sah ich, wie sich das Herz ein Wolf schnappte. Aus der Entfernung war ein markerschütternder Schrei zu hören, halb Geheul eines Wolfes oder doch ein Mensch?

Mit dem Feuerzeug in der Hand sah ich Hannah mit weit aufgerissenen Augen neben mir.

Eine schnelle Idee war gefragt. Die kam auch. Ich nahm das alte Kopfkissen meiner Oma in die Hand und zündete es an. Hannah sah mich entgeistert an. „Spinnst du, willst du hier drin verbrennen?"

Nein, wollte ich nicht und warf das schon leicht brennende Kissen auf das Bett. Qualm durchdrang die Stube sofort und ich riss die Metallklappe zum Keller auf, nahm Hannahs Hand und zog sie mit nach unten. Die Klappe ließ ich über unseren Köpfen zufallen und hoffte aufs Beste.

Mir kam die Zeit da unten so lang vor wie noch nie. Rauch drang auch durch einige Ritzen zu uns nach unten, aber wir hatten keine andere Chance.

Von Wölfen angefressen zu werden, war nicht unbedingt meine Vorstellung von einem friedvollen Tod. Dann soll uns lieber Kohlenmonoxid den Garaus machen und uns langsam einschlafen lassen.

Ich spürte die Hand von Hannah und ihre Lippen auf meinem Mund, sie küsste mich zärtlich, sagte aber keinen Ton. Ich war auch nicht mehr in der Lage, etwas zu sagen.

Aus der Stube über uns war das Prasseln von Feuer zu hören und die Aussichten für uns waren mehr als bescheiden.

Die Metallklappe strahlte schon Wärme ab, als mit einem Mal Schüsse zu hören waren, hintereinander weg schien draußen jemand zu schießen. Ein heiseres Stakkato einer Maschinenpistole schien sich auf dem Hof Bahn zu brechen und ich sammelte meine letzten Kräfte und schrie nach oben. Aber uns hier zu hören, war fast unmöglich.

Das Prasseln des Feuers wurde weniger und eine weiße Flüssigkeit lief durch die Ritzen zwischen der Klappe und dem Rahmen. Ich rief noch immer, als die Metallklappe aufgerissen wurde und uns Scheinwerfer anleuchteten.

Vor uns tauchten Uniformierte auf, zogen uns aus dem Keller und drückten uns Sauerstoffmasken aufs Gesicht.

Im Schein der Lampen war die Stube von Oma kaum wieder zu erkennen, die Flammen hatten sich schon durch das Bett gefressen, die Holzwand hoch und hatte wohl schon im Dach gewütet. Überall lag Löschschaum im Haus und es dampfte noch aus allen Ecken.

Hannah wurde nach draußen getragen. Mich wollten sie gerade nach draußen bringen, da sah ich etwas, was mir bis jetzt entgangen war.

Im Bücherregal an der Wand fehlte ein Buch. Die Flammen waren noch nicht bis hierhin vorgedrungen und es kam mir so vor, als wartete das Regal auf etwas. Als rief es mir zu, schau zu mir!

Ich klopfte mit den Händen auf meiner Jacke herum und fand das alte Buch. Die Sauerstoffmaske riss ich mir vom Mund und sprang Richtung Regal, nahm das Buch und steckte es in die Lücke zwischen die anderen Bücher. Als wenn es da immer gestanden hätte, es passte genau. Hatte es dort wohlmöglich auch früher immer gestanden? Ob wir das jemals erfahren werden?

Ein Uniformierter drückte mir wieder die Maske auf das Gesicht und zog mich aus dem Haus. Hannah lag schon auf einer Krankentrage und wurde von Sanitätern zu einem wartenden Krankenwagen gebracht. Mich lud man gleich in den nächsten ein. Auf dem kleinen Weg zum

Grundstück standen überall schwere Löschgeräte der Armee und unsere Israelis.

Überall war Blaulicht zu sehen, es wimmelte von Militär und Polizei. Der Ex-Mann Avi fuhr bei Hannah mit, streichelte ihr übers Haar und schaute noch einmal zu mir rüber. Der Rabbi kam zu mir, legte seine Hand auf meine und lächelte. „Schauen sie Ion, es wird hell, die Andreasnacht ist vorbei."

Mir dröhnte der Kopf und aus dem Krankenwagenfenster sah ich im Vorbeifahren noch die Reste der ausgebrannten Kirche.

Im Dorf war schon alles auf den Beinen und stand mit Polizei, Feuerwehr und Armee an der Straße und sah uns nach.

Wir wurden nur etwa einen Kilometer bis zu einem freien Platz gebracht und dort in einen wartenden Hubschrauber der Armee umgeladen. Avi und der Rabbi flogen nicht mit, ein Arzt an Bord sprach von bester medizinischer Hilfe in Bukarest. Hannah lag neben mir, wir schauten uns an. Etwas verqualmt mit Sauerstoffmasken sahen wir schon einmal besser aus. Sie nahm meine

Hand und ließ sie bis zur Landung in Bukarest nicht mehr los.

Im Regierungskrankenhaus von Bukarest wurden wir auf Herz und Nieren untersucht, mit Sauerstoff gequält und in ein Doppelzimmer mit sehr luxuriöser Ausstattung geschoben.
Ich sah zu Hannah rüber und sie lächelte mich an. Ein gutes Zeichen. „Hab mir doch etwas die Blase verkühlt. Macht schon Spaß, mit dir in der Natur unterwegs zu sein." Ich lachte, gesundheitlich war nicht viel passiert, eine Rauchgasvergiftung und Unterkühlung.

Auf dem Nachttisch lag schon ein Fax aus Berlin. „Gute Besserung und komm bald wieder. Der Chef tobt etwas, hast wohl das halbe Land in Schutt und Asche gelegt. Bis bald, Deine Babsi."

Nach einem Tag im Hospital kam uns die Verstärkung besuchen und brachte Blumen und Neuigkeiten mit.
Avi erzählte uns die Geschichte aus ihrer Sicht. Als sie uns per Telefon durch den Schnee nicht mehr erreichen konnten, versuchten sie mein Handy zu orten und

konnten so den Standort per GPS-Signal ermitteln. Das sind die elektronischen Signale, mit der auch ein Navigations-gerät arbeitet. Erst hier am Haus brach das Signal ab, also war es unser letzter Standort.

Aus dem Dorf riefen die Leute von Festnetzanschlüssen bei der Polizei und der Feuerwehr an, die Kirche brenne wohl und es sind Schüsse zu hören, auch sind fremde Männer im Dorf, die hier nicht hingehören.

Die Polizei war also informiert, hatte dann doch um Mithilfe der Israelis gebeten. Avi hatte bei Interpol in der Hauptzentrale in Lyon in Frankreich angerufen und denen gesagt, es sind zwei Mitarbeiter in Gefahr.

Die haben der rumänischen Regierung natürlich etwas mehr Dampf unterm Hintern gemacht. So ein Vorgehen und dann noch die Ausweisung aus dem Land war inakzeptabel.

Von der Hauptstraße nach Herrmann-stadt kämpften sie sich dann mit der Armee schnellstmöglich vor.

Der Rabbi hatte noch den Rest zu erzählen. „Ion, Sie haben gut nachgedacht, wirklich. Das Buch hat den Weg wieder nach Hause gefunden, alles wird nun gut. Im Dorf haben wir die Leiche von ihrem Freund Nicu gefunden. Er lag im Grab ihrer Großmutter, aber das wissen sie ja bereits.

Um die ausgebrannte Kirche haben wir sonst niemanden mehr gefunden.

Aber in der Nähe vom Bach gleich am Grundstück Ihrer Großmutter lag ein älterer Mann im grauen Anzug. Er war schon länger tot, schon fast mumifiziert und hatte im Gesicht eine Schusswunde, die ihm nach dem Tod erst zugefügt wurde. Diesem Leichnam fehlte das Herz, es muss ihm nach dem Tod entfernt worden sein. Wie die alte Leiche dort hingekommen ist, wissen wir nicht, Sie vielleicht Ion?"

Er zeigte mir ein Foto der Leiche, es war eindeutig Costi, aber abgemagert und bestimmt schon viele Jahre tot.

„Wir haben jetzt angeordnet, den Leichnam zu verbrennen. Zwei Meter neben ihm lag ein toter Wolf und auch auf dem Hof lagen Wolfsreste und jede Menge Blut.

An der Straße zum Dorf fanden wir noch zwei angeschossene Wölfe, man hat sie

in Schulterhöhe erwischt. Das Militär hat die armen Biester erschossen.
Der Spuk scheint vorbei zu sein."
Unsere israelischen Helfer wollten sich am Nachmittag auf den Heimweg Richtung Nahost begeben. Ihre Militärmaschine wartete schon am Flughafen Bukarest auf sie und so verabschiedeten wir uns gleich hier. Hannah ging mit Avi und den Anderen noch kurz raus auf den Gang und der Rabbi kam noch einmal zu mir zurück.
„Nanu Herr Bertelsheim, haben Sie etwas vergessen?"
Er schaute listig wie immer. „Ich nicht, aber Sie Ion. Bleiben Sie dem Land und der Gegend treu, ein großes Stück von Ihnen gehört hierher und akzeptieren Sie die Dinge aus ihrer Vergangenheit. Denken Sie daran!
Denken Sie auch daran, wo und was der entwendete Fötus aus dem Krankenhaus bezwecken soll oder noch bezwecken kann. Leben Sie wohl Ion."
Er drehte sich um und verschwand.

Ich dachte über seine Sicht der Dinge nach, was sollte ich vergessen haben? Dabei wanderte mein Blick über meine

Hände, auf den Ring meiner Großmutter, der eigentlich auf dem kleinen Finger sitzen sollte. Ich hatte ihn verloren, bestimmt als meine Hände so kalt waren, da wird er mir vom Finger gerutscht sein.

Das ist schade, aber der Gedanke mit dem Fötus ließ mich nicht los. Sollte der wirklich eine Art Nachfolger von Costi geworden sein? Und wenn so etwas gehen sollte, dann wie?

Costi war an der Fensterscheibe am Holzhaus sehr lebendig, da gab es keinen Zweifel, aber die Fotos der Leiche schienen auch nicht zu lügen.

Hat sich der Domnul Lupilor, der Herr der Wölfe gewandelt und die Person oder die Seele ist erneuert worden?

Die Antwort liegt noch irgendwo im Dunklen der rumänischen Geschichte versteckt, die Einheimischen sehen darin eine Normalität. Ich auch?

Hannah kam zurück und setzte sich zu mir. „Ich habe gerade gehört, morgen früh fliegen wir zurück nach Berlin, Bukarest-Schönefeld. Da haben wir ja noch etwas Zeit!" und zog sich ihr Oberteil aus, schlüpfte zu mir unter die

Decke und ich hatte alle Hände voll zu tun. Den letzten Tag genossen wir noch im Bett.

Unsere Sachen waren uns schon aus Herrmannstadt gebracht worden und so ging es am nächsten Tag zum Flughafen Bukarest. Die rumänische Regierung ließ es sich nicht nehmen, uns mit Limousine und Polizei-Begleitung zum Flieger zu bringen. Wahrscheinlich wollten sie auf Nummer sicher gehen und sehen, ob wir wirklich abfliegen. Das taten wir auch.

Am Terminal A des Flughafens Berlin-Schönefeld war die Zeit gekommen, wo sich die Wege von Hannah und mir trennen sollten.

„Was ist Hannah, sehen wir uns wieder?" Sie schaute mich an und sagte: „Gib mir ein wenig Zeit, okay!" Küsste mich und verschwand in der Menschenmenge und dem tristen Wetter von Berlin.

Mein Weg führte mich in meine einsame Wohnung, kalt und unbewohnt roch es hier. Sie war mir etwas fremd geworden, warum nur, hat der Rabbi doch Recht und ich gehöre hier gar nicht her, sollte ich doch in Rumänien mein Glück versuchen? Blödsinn!

Der Tag danach brachte mich wieder auf den Boden der Tatsachen. Kaum im Büro der Dienststelle angekommen, lagen auf meinem Schreibtisch etwa zwanzig Kondome. Sehr lustig Leute. Babsi grinste und mein Kollege vom Nachbartisch schrie durch das ganze Büro. „Der Stecher der Witwen und Waisen ist wieder da."

Die Tür vom Chefbüro wurde aufgerissen und die nette vertraute Stimme der Büroleitung war zu hören. „Ion kommen Sie mal zu mir!"

Der Ton war alles andere als freundlich.

Ich nahm Platz und der Chef war etwas einsilbig in seinen Ausführungen. „Kaiser, Sie haben es wirklich geschafft, eine Kirche in Schutt und Asche zu verwandeln, einen Priester festgenommen, der dann getötet wurde und eine rumänische Regierung hinterlassen, die gelinde gesagt, etwas schnurrig mit uns ist.

Ihren Bericht will ich in drei Stunden auf dem Tisch haben. Das Auswärtige Amt übernimmt zähneknirschend die Kosten für den Neuaufbau des Gotteshauses und kann den Namen Ion Kaiser momentan nicht mehr hören. Ich auch nicht. Also los, machen Sie den Bericht fertig. Da bin ich mal gespannt, und übrigens, Sie haben momentan Bürodienst."

Na und ich bin erst mal gespannt... Gelinde gesagt geht es mir am Arsch vorbei, aber ich setzte mich ran und schrieb alles so gut wie möglich aus meiner Sicht auf.

Na drei Stunden krähte es schon wieder aus dem Büro und alle Kollegen schauten verschämt wo anders hin.

„Bin gleich bei Ihnen Chef, der Drucker will nicht ganz so wie ich."

Mit meinem ausgedruckten Märchenbuch kam ich zurück zum Chef. Er nahm sich meine Ausführungen vor, als die Tür aufging und zwei Herren im schwarzen Anzug im Büro standen.

Der Chef war ungehalten. „Ja kann man denn nicht mal mehr anklopfen?"

Die Beiden zückten ihre Ausweise und hielten sie meinem Chef unter die Nase und wandten sich mir zu.

„Herr Kaiser, wir müssen Sie bitten, uns Ihren Computer und den Bericht sofort auszuhändigen. Beides fällt unter Geheimhaltung und wir müssen Sie ebenfalls bitten, über den Vorgang in Rumänien Stillschweigen zu bewahren. Das gilt auch für Sie." Und zeigten dabei auf meinen Chef.

„Danke Herr Kaiser für Ihren Einsatz, die Bundesregierung wird das in Kürze noch zu würdigen wissen, wir melden uns bei Ihnen."
Drehten sich um, verschwanden mit meinem Computer sowie dem Bericht unter dem Arm und ließen einen verdutzten Chef samt Kollegen und mich, innerlich grinsend, zurück.
Mein Kommentar lautete nur: „Ich bräuchte dann mal einen neuen Computer Chef, sonst kann ich schwer arbeiten."

Dieser kam auch bald und in meiner Dienststelle wurde es wieder etwas ruhig. Keiner traute sich, wirklich zu fragen, was los war und wo ich meine Dienstwaffe gelassen hatte. Auch dafür bekam ich bald Ersatz und mein Chef gab mir für die nächste Zeit leichte und lockere Arbeit.

Babsi versuchte öfter mal nachzuhaken, was denn in Rumänien so los war, aber ich entgegnete ihr nur: „Babsi, wenn ich dir etwas darüber erzähle, holen dich die Typen wahrscheinlich ab und lassen dich für immer verschwinden, oder ich muss dich erschießen, also frag nicht nach." Herrlich, dieser Blick und die Neugier, die sie innerlich zerfrisst.

Drei Tage später, als sich die Wogen gelegt hatten, ging die Tür auf und Hannah stand im Büro. Die Köpfe der Kollegen wurden schlagartig herumgerissen und starrten sie an.
Sie kam auf mich zu und küsste mich lange auf den Mund und selbst im Chefbüro schien sich die Alujalousie zu bewegen.
„Hallo Ion, sag mal, hast du Lust mit mir Weihnachten zu verbringen?" Sie zog zwei Flugtickets aus der Tasche. Eine Woche Dubai hört sich verdammt gut an!
„Mit deinem Urlaub, das klär ich schon mit deinem Chef, du konntest deinen anderen Urlaub ja schließlich nicht antreten."

Sie ging in Richtung seines Büros, zückte ihren Dienstausweis und verschwand darin und kam mit dem Daumen nach oben zurück.

Der Dubai Urlaub war wirklich sehr, sehr schön! Weihnachten so angenehm, wie lange nicht mehr, und in jeder Beziehung befriedigend.
Wir sind seit dieser Zeit ein Paar, noch nicht zusammengezogen, aber ein Paar.

Und eigentlich endet hier meine Geschichte, doch es kam noch etwas hinterher:

Nach unserem gemeinsamen Weihnachtsurlaub kam ich in die Dienststelle zur Arbeit und auf meinem Schreibtisch lag ein kleines Päckchen ohne Absender. Die Tür vom Chefbüro ging auf und er sagte mir nur: „Hat so ein Regierungstyp für Sie abgegeben, Sie wissen wohl Bescheid. Wenn Sie meine Hilfe brauchen, sagen Sie einfach Bescheid Ion."
Das Päckchen steckte ich mir in die Tasche, hier muss keiner seine Neugier an mir auslassen.

Abends zu Hause öffnete ich es und sah mir den Inhalt an.

Es waren die Papiere für das Grundstück meiner Oma in Rumänien. Ich war, ab sofort, eingetragener Eigentümer und hatte noch einen Scheck über zwanzigtausend Euro zur Instandsetzung des Hauses erhalten.

Ein wenig Zeit brauchte ich schon, um mir im Kopf klar zu werden, ob ich das überhaupt will. Zu viel ist dort geschehen und zu viel habe ich dort gesehen.

Ich rief Hannah an, um ihr die Sache zu erzählen.

Sie wollte nicht mehr dorthin zurück, aber etwas zog mich in meine alte, zweite Heimat.

Der Winter verging und ich mietete mir im Mai bei einem mir durch den Fall bekannt gewordenen Vermieter ein Wohnmobil. Mein Urlaub war mit der Dienststelle abgesprochen und ich belud den Wagen mit allem, was man für einen zünftigen Campingurlaub so braucht.

Hannah sah ich seltener seit dem Winter, hatte sie doch wieder mit Fällen im Ausland zu tun und ich hatte Zeit für den Urlaub in Rumänien.

Campingurlaub war, wie schon erwähnt, so gar nicht mein Fall, aber ich freute mich doch auf ein wenig Abenteuer in Rumänien.

Der Weg mit dem Auto ist immer noch sehr lang und führte mich über Dresden, Prag, Bratislava und Szeged wieder nach Mako zu dem kleinen Motel.
Magdalena freute sich riesig, mich zu sehen und ihr Mann Istvan war diesmal auch da. Sie gaben mir einen Platz auf ihrem Campingplatz neben dem Motel und ich konnte mich noch einmal vor der Restfahrt nach Rumänien ausschlafen. Von den Beiden erfuhr ich auch, dass seitdem keine Wölfe hier in der Gegend mehr gesichtet wurden.
Trotzdem ging mir etwas nicht aus dem Kopf. In der Nähe von Mako hatten wir damals eine kleine Stadt und die Bibliothek aufgesucht, wo wir auf eine Grabplatte und den Namen Schäubener stießen. Da wollte ich noch einmal hin. Schließlich schien ja meine Oma mal mit

einem Herrn Schäubener verheiratet gewesen zu sein.

Also machte ich am nächsten Tag einen kleinen Umweg über den Ort Gyula.

Diesmal wusste ich gleich, wo sich die Bibliothek befand und traf dort wieder auf den Bibliothekar. Der erkannte mich auch wieder, freute sich, mich zu sehen und fragte, was er für mich tun könne.

Ich hatte nur ein paar Fragen, ich wollte wissen, wo ich mehr über den Namen Schäubener erfahren konnte, die Personenakten waren ja wohl im Krieg getilgt worden.

Er nahm mich mit zu seinem Computer und sah noch einmal nach, ob es wenigstens geschichtliche Hinweise über die Herkunft des Namens gab.

Es gab merkwürdiger Weise nur einen Hinweis auf die etwaige Bedeutung des Namens. Schäuben sind pelzige Wesen aus der alten Mythologie und gelten als Schädeldiebe.

Bringt mich also auch nicht viel weiter, machte mich bloß noch ratloser.

Also lass ich meine unterschwellige Vorahnung mal beiseite und fahre weiter, aber im Rathaus schaue ich noch einmal rein.

Im Standesamt half man mir gerne weiter und man suchte mit mir nach dem alten Namen Schäubener. Leider auch hier Fehlanzeige, aber eine Mitarbeiterin hatte den Namen schon einmal gehört. Sie stöberte im Taufregister herum und fand den Namen. Schäubener Costi, getauft am 28. November vergangenen Jahres und hier im Namensregister eingetragen, Geburtsort Heltau in Siebenbürgen Rumänien.

Also hat doch jemand den rausgeschnittenen Fötus aus der Leiche von Frau Weiß hier taufen lassen. Geht das nicht nur, wenn das Kind lebt?

Da wird mir der Priester, der die Taufe durchgeführt hat, bestimmt weiterhelfen können.

Dem stattete ich als nächstes einen Besuch ab und traf ihn in der Sakristei seiner Kirche an.

Er konnte sich noch gut an die Taufe erinnern. Ein älterer Herr war bei ihm erschienen und erzählte ihm, dass er neu in der Stadt sei. Das Kind müsse getauft werden und die Mutter sei bei der Geburt gestorben. Aber gelebt habe es auf jeden Fall, es war schon gut entwickelt und sah recht gut genährt aus.

Ein Kind wurde auf den Namen Costi Schäubener getauft und der Alte wird zwei Tage später als halbe Mumie im Schnee in Rumänien gefunden.

Ich akzeptiere einfach mal, es gibt Dinge zwischen Himmel und Erden, die kann man nicht erklären. Will ich auch gar nicht mehr, ich bin ein Stück Rumäne und versuche, zu glauben.

Ich brach meine Nachforschungen hier mit diesem Ergebnis ab. Ich kann gar nichts beweisen!

Den Rest des Weges in das Dorf Gaujani, wo das Grundstück von Oma wartete, spielte das Autoradio so laut, dass mir andere Gedanken, außer Musik, gar nicht einfielen.

Nur ein Gedanke kam noch kurz durch: Der Rabbi sagte damals, ich hätte noch etwas vergessen. Er hatte Recht, die Stadt Heltau war nicht von uns untersucht worden, aber egal.

Der Ort Gaujani tauchte vor mir auf. Wie immer war wenig Betrieb im Dorf und ich sah schon von weitem die Baustelle,

wo die Kirche wieder entstehen sollte.
Am Schild vor der Kirche blieb ich stehen
und stieg aus. Eine Inschrift auf der
Tafel verkündete: Finanziert durch die
Bundesrepublik Deutschland!
Na mal sehen, ob die auch einen neuen
Priester springen lassen.
Hinter mir tauchte der ehemalige
Ladenbesitzer auf und freute sich wie ein
Schneekönig, als er mich sah. „Ion, was
treibt dich denn hierher? Schön dich zu
sehen!"
Ich erzählte ihm, dass mir jetzt das
Grundstück von Oma gehört und ich dort
wieder ein wenig Ordnung machen
möchte. Das halb zerstörte Holzhaus
soll, wenn es geht, auch wieder auf
Vordermann gebracht werden.
Er fand die Idee sehr gut, zweifelte
jedoch an meinen handwerklichen Fähig-
keiten und wünschte mir viel Glück.

Da war ich also wieder, zurück im
Horrordorf.
Jetzt aber blühte und grünte alles und es
roch nach Flieder und frisch gemähtem
Gras.
Die Jahreszeiten verändern die Um-
gebung schon sehr unterschiedlich, so

ist es mir hier auch viel lieber als im Winter.

Ich parkte mein Wohnmobil vor dem Grundstück und hob das alte Holztor wieder etwas hoch, um zu öffnen.
Das Haus lag immer noch ziemlich verbrannt da. Teile des Daches waren eingestürzt und die Fenster kaputt.
Das Militär hatte damals Löcher in die Hauswand gesägt, um mit dem Schaum besser an die Brandnester zu gelangen.
Drin sah es immer noch schlimm aus. Das offene Dach hatte Regenwasser eindringen lassen, aber das Bücherregal an der Wand stand noch unter einem Stück ganzem Dach und war unverändert.
Ich hatte Elan und suchte in meinem mitgebrachten Werkzeug nach etwas passendem.
Das Hoftor musste einer breiten Einfahrt weichen, um mein Wohnmobil auf den Hof zu bekommen. Dazu machte ich ein paar kleine Bäume platt und fuhr dann rückwärts auf den Hof. Na wenn das nichts ist.
Den Tag verbrachte ich mit Baum-beseitigung und freute mich schon auf

ein kühles mitgebrachtes Bier nach getaner Arbeit.

Die Müdigkeit war aber schneller und ich schlief schon in der Sitzgruppe ein.

Als ich mit schmerzendem Rücken in der Nacht kurz aufwachte, sah ich sie wieder, diese vertraute Hand einer alten Frau mit Altersflecken, die von den Jahren der harten Arbeit gezeichnet war. Sie war wirklich da, lag oben auf dem Sitzkissen der Sitzecke, als wenn sie sich abstützte.

Das würde ich vor jedem Gericht der Welt beschwören, es war keine Einbildung.

Die Nacht war ungemütlich, blieb ich doch auf der Sitzecke und schlief halb im Sitzen als es an die Tür des Wohnmobils klopfte.

Draußen war es schon hell geworden und ich schaute noch etwas schlaftrunken aus der Wohnmobiltür.

Auf dem Hof war Bewegung. Über den Weg von Dorf kamen Leute mit Holz, Farbe und Werkzeug. Alle lächelten mich an und der alte Besitzer des ehemaligen Ladens hier im Dorf kam langsam hinterher und winkte mir zu.

Von weitem rief er mir schon zu: „Ion, steh auf, du Faulpelz, es gibt viel zu tun."

Ich hatte mit vielem gerechnet, mit Ablehnung, Feindseligkeit oder Ausgrenzung, aber mit so viel Solidarität aus dem Dorf habe ich nicht gerechnet.
Das halbe Dorf half mir beim Sanieren des Hauses und des Grundstücks. Gute Handwerker gab es reichlich, aber die hatten mangels Arbeit in der Gegend nichts zu tun. So halfen sie hier mit, den Dachstuhl wieder aufzurichten und das Dach wieder dicht zu bekommen.
Im Garten wurde alles, was dort nicht hin gehörte, beseitigt und verbrannt.
Frauen aus dem Dorf sorgten für das leibliche Wohl.
So eine Stimmung, wie sie jetzt hier herrschte, kannte ich noch von früher. Das Miteinander war in früheren Zeiten auf jeden Fall ein Besseres.
Der alte Ladenbesitzer hatte mir noch ein paar Worte gesagt: „Du hast schließlich auch viel für das Dorf getan und eine neue Kirche bezahlt ihr ja auch, da können wir ruhig mal ein wenig zurückgeben."

Ohne diese Hilfe wäre ich auch auf-
geschmissen gewesen. Von der Ferne
sieht alles leicht aus, steht man dann
aber davor, nimmt die Arbeit kein Ende
und ich mache mir mal nichts vor,
handwerklich bin ich eine Niete!

Am zweiten Tag kamen sie Alle wieder,
machten da weiter, wo sie aufgehört
hatten, ohne eine Bitte von mir oder
einen Auftrag.

Aus dem Holzhaus hatten wir sämtliche
alte Sachen in den Stall gestellt, ich
konnte mich noch nicht davon trennen.
Das Bücherregal kommt auf jeden Fall
wieder ins Haus.

Auch der Ofen mit dem alten Schorn-
stein wurde auf Vordermann gebracht,
als ein Mann zu mir kam und mir etwas
brachte. Er hatte einen Ring gefunden,
unten am Ofen in einer Ritze in den
Holzdielen.

Omas Ring war wieder da, daran hätte
ich schon nicht mehr geglaubt. Er passte
noch an meinen kleinen Finger.

Nach fünf Tagen zogen die letzten Hand-
werker wieder ihres Weges. Ich blieb mit
Pinsel und Farbe zurück und gab dem
Haus und dem Stall ein bisschen neue

Frische, als ein Auto auf den Sandweg einbog und vor dem Grundstück hielt.

Hannah stieg aus, schaute sich ungläubig um und kam auf das Grundstück.

„Ist ja nicht zu glauben, was ist denn hier passiert? Sieht ja toll aus, ich dachte, ich muss dich hier aus deinem Wohnmobil ziehen, weil du an der Arbeit verzweifelt bist."

Sie war wieder da, mein Blutdruck ging nach oben, hatte ich sie doch schon eine Weile nicht gesehen, aber das Gefühl der Nähe war sofort wieder zurück.

Mir kam da eine Idee. Ich zog den Ring vom kleinen Finger und fragte sie einfach: „Willst du mich heiraten?", und steckte ihr den Ring an den Finger.

Er passte, wie für sie gemacht. Wenn das mal kein Zeichen ist!

Sie überlegte nicht lange, küsste und umarmte mich und sagte: „Ja, aber den Ring kann ich nicht annehmen, das ist doch der von deiner Oma? Wo kommt der denn wieder her?"

Ich erzählte ihr von den Menschen aus dem Dorf und der Hilfe, dem gefundenen

Ring und von meinem Sommerhäuschen in Rumänien, also ab jetzt von unserem Häuschen.

Am frühen Abend gingen wir Hand in Hand ins Dorf. Ich zeigte Hannah, wie weit die neue Kirche war und den Friedhof. Alle Gräber waren wieder geschlossen worden. Nur in dem Grab meiner Oma lag jetzt halt ein anderer Nutzer.

Die Menschen verbringen hier die Abende draußen, nicht wie bei uns vor dem Fernseher.
Auf dem Rückweg zum Grundstück wurden wir an einigen Grundstücken eingeladen: „Setzt euch, trinkt was mit und erzählt von euch!"

Da war es wieder, das Gefühl von früher, die Gemeinschaft, die noch zusammenhält und sich umeinander kümmert. Egal, wer was hat und wer was ist.

Kurz vor dem Dunkelwerden gingen wir zurück, Arm in Arm und ich sah den Hügel hinauf zum Wald, der von weitem schon fast schwarz erschien.

Ich erkannte eine Gestalt am Waldrand, nicht allzu groß, mit Kittelschürze und Kopftuch. Ich ließ Hannah los und hob den Arm und winkte, die Gestalt winkte zurück und verschwand im Wald.

„Was machst du Ion?" Sollte ich jetzt ehrlich antworten und sagen, wen ich denke, dort gesehen zu haben?

„Mir war so, als wenn dort jemand war und gewunken hat."

Wir haben unsere Hochzeit in Israel nach jüdischen Riten und Gebräuchen gefeiert. Der Rabbi Jentel Bertelsheim, den ich jetzt als Freund bezeichnen möchte, hat uns in Tel Aviv getraut.

Selbst von meiner Dienststelle kamen mein Chef und Babsi mit zur Feier.

Da lag meine Kündigung schon auf seinem Tisch.

Hannah und ich arbeiten jetzt zusammen bei Interpol, aber einige Wochen im Frühling und Sommer zieht es uns auf unser kleines Grundstück in Rumänien.

Die Stadt Helltau habe ich bis heute nicht besucht und vielleicht sollte nicht alles, was aus der Vergangenheit ins

Jetzt und Heute drängt, auch aufgeklärt und hinterfragt werden.

Siebenbürgen, Transsilvanien und das ganze Karpaten-Gebirge haben die alten Geschichten und Mythen, die von Generation zu Generation weitergegeben werden, bis heute nicht verloren. Sie werden gelebt, bleiben trotz der modernen Zeit bestehen.

Ehrt die Vergangenheit! Nur so ist eine Zukunft möglich.

Wer dies nicht glaubt oder an den Geschichten und Mythen zweifelt, dem empfehle ich einen Besuch in Rumänien und haltet eure Augen und euer Herz offen!

Zeitfracht Medien GmbH
Ferdinand-Jühlke-Straße 7
99095 Erfurt, Deutschland
produktsicherheit@kolibri360.de